JN307043

ベーコン

井上荒野

集英社文庫

もくじ

ほうとう 7
クリスマスのミートパイ 35
アイリッシュ・シチュー 67
大人のカツサンド 91
煮こごり 119
ゆで卵のキーマカレー 147
トナカイサラミ 175
父の水餃子 201
目玉焼き、トーストにのっけて 225
ベーコン 249
解説 小山鉄郎 272

この作品は、二〇〇七年十月に集英社より刊行されました。
文庫化にあたり「トナカイサラミ」を新たに加え、再編集しました。

ベーコン

ほうとう

安海《あずみ》はいつも日曜日に来た。

日曜日の午後一時過ぎ。温子《はるこ》は、食事の仕度をしながら待っていた。まず、錆《さ》びついた小さな門を開けるギイッという音が聞こえ、ゆっくり五つ数えると、玄関の呼び鈴が一度だけ鳴る。

「やあ。しばらく」

温子の顔を見ると、そう言って安海は微笑む。会いたかったわ、と温子は答えて、二人は笑う。実際は先週職場でずっと顔を合わせていたようなときでも、その挨拶《あいさつ》は決まりごとなのだった。

ちゃぶ台のある六畳間に入ると、安海は持ってきたバイオリンを、床の間に置いた。安海はかつて、趣味の管弦楽サークルに入っていた。メンバーが揃わなかったり、人間関係が厄介だったりという理由で、とっくにやめてしまっていたが、安海の妻には、まだサークルを続けているということになっている。毎週日曜日に安海が家を出てくるための、それが理由になるのだった。

二人はまず、昼食をとる。温子はいつも、簡単でおいしいものを作った。正しくは、おいしいけれど、簡単なもの、というべきか。温子は料理が好きで、得意でもあったが、そういうことをあまり押しつけたくなかった。パスタにサラダ、和食なら焼き魚に味噌汁《みそしる》に、お浸《ひた》しくらい。安海と食事する時間が温子は好きだったが、惜しくもあった。「管弦楽サークル」は、一日中練習するわけではないから。

それで、食事が済むと、温子はそそくさと食器を片付けた。その間に、安海が隣の部屋に布団を敷いた。最初から敷いておくのではなく、安海が敷く、というのも、いつの間にかできあがった約束事だ。「男の嗜《たしな》みだよ」と安海は言う。温子は、台所からできるだけ急いで戻ってきて、布団を敷く安海を眺めた。安海は、この家に来て、子供の頃に培った「布団敷きの才能」がよみがえったのだそうだ。まるで図面でも引くように、シーツの上下をぴったり同じ幅にしてぴしっ、ぴしっ、と折り込んでいく手つきを見て温子はくすくす笑う。すると安海が「笑うなよ」と言いながら、温子の手を引っぱった。

安海が帰る前に、二人は再びちゃぶ台の部屋に戻って、お茶を飲んだ。寒くない季節なら窓を開け、足を伸ばして、細長い庭を眺めながら。

都下には稀《まれ》な雑木林の裾《すそ》にその家はあって、庭の向こうには四季折々の木々の姿が望めた。春には山桜やこぶしが、秋には紅葉が美しかった。「いいなあ、ここは」と安海は毎回しみじみと言った。「緑はいいなあ」と言い、「静かでいいなあ」と言い、「雨はいいなあ」と言うときもあった。安海が日曜日ごとに来るようになってそろそろ三年だった。

しばらく二人でそうしていると、家の脇の遊歩道を、茶色と白のまだらの、長い毛の犬を連れたおばあさんが通った。「ああ、来ちゃったね」と安海は言う。そして立ち上がって、身仕舞いし、バイオリンを抱えた。

その家に温子は生まれたときから住んでいた。

温子が中学生のときに、母親が病気で亡くなり、五年前、父親は再婚して家を出ていった。

父親が新しい妻と暮らしている都心のマンションを、月に一度か二度、温子は訪ねる。二人との関係は良好だ。義母は、ファッション雑誌などに度々取り上げられるセレクトショップのオーナーで、お洒落《しやれ》でとんでもなく忙しい人で、交通の便がいい自分のマンションから引越したがらなかったのもそのためだった。版画家である父親は、客用寝室の一つをアトリエに改装して、仕事をしている。

「義母《はは》は努力の人なの」

と、温子は安海に話した。

「料理はからきしだったんだけど、父のために習ったの。週に一度懐石料理の教室に通って、月に一度は、イタリア人のシェフに個人教授してもらってるのよ」

「で、腕前は上がったの？」

「ええ。もちろん。義母は完全主義者だから。ただね……」

温子は思い出し笑いをした。

「今のところ、レパートリーは懐石料理とイタリアンだけなのね」

「つまり？」

「そう。つまり、父は毎日、懐石料理とイタリア料理を食べてるらしいの。かわりばんこに……」

あるとき、義母がいないところで、そのことを打ち明けた父親の表情、それに、義母が作る隙《すき》のないコースメニューを思い出して、温子はまた笑い、その顔を見て、安海も笑った。

「それは、ちょっときびしいかもしれないなあ」

「父の目下の悲願は、死ぬまでにもう一度、ほうとうを食べることなの」

「ほうとう？」

「知らない？　小麦粉を練って、長く伸ばしながら茹《ゆ》でて……野菜や豚肉と一緒に、おつゆにするの」

「ああ、山梨とかあっちのほうの、郷土料理にあるね」

「母は九州の人だったんだけど、どこかで覚えたらしくて、よく作ってくれたわ。お昼ご飯とかに。ほうとうに、焼きおにぎりって決まってるの。おつゆを味噌味にするか醤油《しょうゆ》味《あじ》にするかでよくもめてた。へんな家族でしょう？」

「食い道楽なんだね」

安海はそう言い、それからふいに温子をじっと見つめたので、温子はどきどきした。

「あなたは、作れるの？」

「ほうとう？　ええ、上手よ。でも……」

「うん、わかるよ。あなたが作ったら、お義母《かあ》さんは傷つくかもしれないからね」

「義母がいつか郷土料理を習いにいってくれることを願うわ」

「僕も食べたいな」

た。

「そう?」

それじゃ、今度作るわね、と温子は言った。そのまま何となく安海の顔を眺めていると、安海はちょっと戸惑ったような顔になり、手を伸ばして温子の頬に触れたりした。


ほうとうの話をしたのは二人が付き合いはじめて最初の冬で、でも結局まだ一度も作っていなかった。やっぱり、何か押しつけがましい感じがしたのだ——とくに、ほうとうの思い出を話したあとでは。

それで、その日も、温子が昼食に作ったのは親子丼だった。安海が旨《うま》い旨いと連呼しながら食べるので、温子は自分のぶんも分けてやった。それから、いつものように隣の部屋で愛し合い、ちゃぶ台の部屋に戻ってきた。

「どうする? 冷たいお茶にしましょうか」

「うん。そうしよう。汗だくだ」

五月の終わりだったが、一日中よく日が差していた。そのうえいつにない運動量だったのだった。温子は今日、長い髪をアップにまとめていた。アイスティーを淹《い》れながら、そのせいかしらと考えた。もちろん今は髪はほどけて、安海ほどではないけれど、薄く汗ばんだ首筋にはりついている。

アイスティーを飲み終わり、グラスの氷が溶けた頃、おばあさんと犬がやってきた。おばあさんも、今日は白い半袖を着ていた。よく続くなあ、と安海が言った。それから立ち上がったが、その動作にはどこかいつもと違うところがあった。

「ついていってみようか」

「え？」

「あのおばあさんと犬が、どこまで行くのか、ついていってみようよ」

「ええ？」

温子は戸惑って笑った。

「でも……帰らなくていいの？」

「すこしぐらい大丈夫」

早く早く、と安海は温子を急《せ》かして、二人は家の裏門から、遊歩道に出た。木立のトンネルの中におばあさんの白い背中が見えた。犬に引っぱられているせいか、日頃の鍛錬の成果か、おばあさんの足取りは驚くほど速い。温子は短い散歩のつもりでいたのに、小走りになって追いかける羽目になった。安海は、おばあさんと犬の行方を、どうしても知りたいらしい。

が、遊歩道が二股《ふたまた》に分かれるところで、おばあさんと犬の姿はふっつり見えなくなった。本当に、忽然《こつぜん》といっていい消えかただった。安海は片方の、短いほうの道を走っていき、道の先の家の庭先を覗《のぞ》き込んだりまでしたが、見つからなかった。

安海は戻って来ると、「ちっくしょう」と言った。それが本当に、腹立たしげな口調だったので、温子はおかしくなるとともに奇妙にも思った。へんな質問ねと思いながら、「どうする?」と聞いてみた。「しかたがないさ」と安海は言った。

滑稽《こっけい》なことに二人とも息を切らせていた。安海はそばの桜の大木にもたれかかると、手を伸ばして、温子の体を引き寄せた。辺りはまだ薄暗くさえなっておらず、ほかの犬を連れた人や、ウォーキングする人が通りかからない保証はなかったが、きっと安海がときどき薄目を開けて、辺りをうかがっているのだろうと温子は考え、目を閉じ、安海が唇を求めるのにまかせた。

ようやく唇を離すと、安海はちょっと照れたように微笑んだ。それから、打ち明けるというよりは、ふと思い出したというように、

「昨日、子供が生まれたんだ」

と言った。

「子供……」

温子は呟くしかなかった。どう答えていいかわからなかった。すると安海は、あらためて顔を近づけながら、

「知らせるのは、あなたがはじめてだ」

と言った。

ありがとう、とかろうじて温子は答えた。やっぱりそう答えるしかなかった。けれども、そもそも、安海の妻が妊娠していたことさえ、温子は知らなかった。

安海の妻が不妊治療していることは知っていた。

温子はフリーのグラフィックデザイナーだが、今はあるPR誌の制作に携わっていて、通販化粧品メーカーに自分の机を持っている。その仕事のはじまりの頃、噂話《うわさばなし》を聞いたのだった。

創刊号の割り付けが思うように行かなくて、衝立《ついたて》で仕切られた片隅で、パソコンの画面を睨《にら》んで残業しているときだった。衝立のうしろで、やはり居残っている女子社員二人が喋《しゃべ》っていた。「昨日、エリコさんに会ったわ」と片方が話しはじめた。「エリコさん」というのが数年前に辞めた同僚で、辞めた理由というのが、不妊治療に専念するためだった、ということが、ほどなく温子にも伝わってきた。

「自分から話しだしたのよ、ちょっとお茶でもしない、と誘ったのも彼女だし、こちらは何も聞かないのに、いきなり」

「お金がすごくかかるんでしょ？」

「お金もそうだけど、神経が持たないって言ってたわ」

「検査とか、いろいろね……」

「あいかわらずきれいだったけど、目元がいっそうきつくなってて」

「安海さんは子供が好きそうだもんね」

この会社で、私はまだ観葉植物みたいなものなのね、というのが、そのとき温子が考えたことだった。ただ、アズミという名前だけが何となく記憶に残って、後日、仕事のかかわりで本人に紹介されたとき、ああ、この人があの安海さんなのね、と思った。

安海は広報部の係長だ。デスクは温子と同じ部屋にあるが、打ち合わせだ撮影だと始終飛び回っていて、座っていることはほとんどない。

「安海さんが帰ってきてから……」とか「安海さんが今、向かってるから……」とか、安海がいないときは代わりに、安海の名前が働いているような感じがする。社員たちは、それに温子も、彼を「安海さん」と呼ぶ。あずみさん。はじめの頃、その響きは、温子の耳に不思議な感触を残した。人の名前ではなくて、「みずうみ」とか「くちなし」とかに近い、どこか物悲しい響きに感じた。安海は子供好きなのに、妻に子供が生まれないことを、先に知っていたせいだろうか。あるいは予感のようなものだったのか、あるいは、そう感じたときには、すでに安海を愛しはじめていたのか。

ある日、例によって一人遅くまでパソコンに向かっているとき、廊下からハミングする低い声が聞こえてきた。エキゾチックな感じの、寂しげな曲調だった。ハミングの声は次第に大きくなって、やがて安海が部屋に入ってきた。

「やあ」

と安海は、驚きを隠そうとしながら微笑んだ。ずいぶん遅い時間だったから、部屋に誰かが残っているとは思いもしなかったのだろう。その曲は何ですか、と温子は聞こうと思った。が、口から出たのは、

「安海さん」

と、彼の名前を呼ぶ声だった。

安海と付き合いはじめると、温子は、自分がべつの惑星に来たような気がした。その惑星には、自分と安海しかいない。だから安海の家庭の話はしなかった。仕事の話も、同僚たちの噂も。二人が出会う前の話も。

その惑星の歴史は、二人が結ばれたときからはじまったのだ。だから、安海のハミングのことや、あのときの安海の慌《あわ》てた顔、それから二人で交わした会話、はじめて二人だけで訪れた店や、もちろん、安海がはじめて温子の家に来た日のことなどを、繰り返し喋った。さもなければ、白亜紀《はくあき》――つまり、少年だったり少女だったりした頃のこと。僕はちびだった、と、今では百八十センチ近い大男である安海は言った。ちびのバイオリン少年だった、と。

だから、安海の妻についての噂を、温子はずっと忘れていた。思い出したのは、ある日の昼食のあと、愛し合っているときだった。

「今日は、へいきよ」

と温子が言うと、

「うん」

と安海は頷《うなず》いて、それでもやっぱり、枕元に置いた鞄《かばん》の中から、避妊具を取り出した。

そのとき、ふっと記憶がよみがえった。

子供が生まれたことを安海から聞いたその週は、家でもできる仕事がほとんどだったので、温子は会社に行かなかった。

次の日曜日、「やあ、しばらく」と安海がやってくると、温子は安海に抱きついた。その背中を撫《な》でながら、「会いたかったよ」と温子のいつもの科白《せりふ》を安海が言った。

「僕のバイオリン、聴きたい？」

安海がそう言い出したのは、やっぱり帰る間際だった。温子は少し驚いた。安海は今まで、温子の家にバイオリンを持ってきても、そのケースを開くことさえなかった。その理由を温子が訊《たず》ねることはなかったが、安海はきっと管弦楽サークルをやめるのと同時に、バイオリンにも触れたくなくなってしまったのだろう、と考えていたから。でも、温子は安海のバイオリンが聴きたかったので、「ええ」と答えた。安海は、慎重な手つきで楽器を取り出すと、弾きはじめた。

それはあの残業の日、安海が廊下を歩きながらハミングしていた曲だった。あるいは違う曲だったのかもしれないが、温子にはそう思えた。

何もかもが、温子の心を揺さぶった。音色も、弦の上で自在に動く安海の指も、今までに見たことがない安海の表情も。

翌日の月曜日、温子は会社に出た。

三年の間に、社員の友達もできていて、その中の一人が温子を見るなり、ニュースを告げる口調で、

「安海さんとこ、赤ちゃんができたのよ」

と言った。

安海がそれを職場であきらかにしたのは、先週の中ほどのことらしい。女性誌に新しく打つPR企画の内容を、会議室に人を集めて安海が説明する場があって、その終わり、おもむろに新生児の写真を取り出すと、マグネットでホワイトボードにはりつけて、「じつは、こんなものが生まれました」とやったそうだ。

「面白いでしょ？　安海さんたら、照れ屋なのに、そんな真似して」

「ほんとね」

と温子も同意した。

「でもびっくりしたなあ。子供ができたなんて、知ってる人、社内には一人もいなかったのよ。ほら、むずかしい妊娠だったでしょ？　最後の最後まで、どうなるかわからないから、誰にもひみつにしていたんですって」

「そうだったの」

と温子は言った。

「うれしかったのよねえ、よっぽど」

「よかったわね」

と温子は頷いた。

それから十分ほど経った頃、当の安海が部屋に入ってきた。そのとき温子はコピー機のそばにいたが、どうしよう、と考えているうち、女子社員が、

「安海さん、小山内《おさない》さんにも今発表したわよ、赤ちゃんのこと」

と知らせてしまった。

温子はおもむろに顔を上げて、おめでとうございます、と言った。そういえばまだこの言葉を言っていなかったことに気がついた。ありがとう、と安海は言った。

間もなく、安海は書類の束を抱えて用ありげにコピー機に近づいてきて、小声で、ありがとう、ともう一度囁《ささや》いた。そしてコピー機の陰で、温子の手をそっと掴《つか》んだ。

普通にしよう、と温子は思った。

安海の妻に赤ん坊が生まれたことを、自分は何とも思っていない。

嬉しい、とまでは言えないが、安海が喜んでいるのなら、よかった、と思える。ちゃんと思える。だからへんにこだわるのはよそう。安海と自分が、二人だけの惑星に

いることにはかわりないのだから、惑星の外で子供が何人生まれようが、関係ない。温子はそう考えた。あまりにも懸命にそう考えたために、おかしなことになった。次の土曜日、みんなで安海の赤ん坊を見に、病院へ行く。そのとき持っていくお祝いの品を、女子社員たちがインターネットで探して注文したのだが、それを店まで受け取りに行く役割を、引き受けてしまったのだった。

その店は、会社と温子の家のちょうど中間地点の町にあった。渡された地図を頼りに、ケーキ屋と家庭料理の店と広い庭つきの邸宅が混在する、気取った町並みを歩いていった。

子供用品の店だとばかり思っていたが、ショーウィンドウにはギンガムチェックのワンピースを着た大人のマネキンが飾ってあった。マネキンの足元には、やっぱりギンガムチェックの服を着たダックスフントのぬいぐるみがいる。青い木のドアを開けて中に入ると、バニラの匂いがした。中央の大きなテーブルに手作りふうのケーキやクッキーが並んでいる。その向こうはちょっとした喫茶スペースになっていて、まるいテーブルに、四歳くらいの子供を連れた母親が座っている。

「ネットでご注文のご出産祝いですね、かしこまりました。少々お待ちくださいませ」

ぴんと張った肌にそばかすが浮き出た店員はまだ十代のようにも見えたが、奇妙なほど礼儀正しい応対をした。いったん店の奥に消え、ほどなくピンク色の大きな箱を二つ持って戻ってきた。

「ご確認くださいませ」

促されて箱を開けると、哺乳瓶《ほにゅうびん》を芯にして、ピンク色でトーンを揃えたタオルや産着《うぶぎ》やよだれかけなどを、花びらのようにアレンジしたものがあらわれた。インターネットの商品画面を、温子も見せられていたから、「ええ、結構です」と答えた。

「こちらもまったく同様でございますが……いちおう、ごらんになりますか？」

「そちらも、ですか？」

温子はちょっとびっくりしてそう聞いた。店員が箱を二つ持ってきたとき奇妙に感じたのだが、ほかの客の注文品を、ついでに出したのだろうと思っていたのだ。

「お二つご注文いただいています。双子さんということで……」

「双子」

思わず呟くと、女店員は戸惑って、

「……様ですよね？」

と、女子社員の名前を言った。

「ええ、そう。そうです。二つで結構です」

温子は慌てて言ったが、女店員は心配になったようだった。

「そうだわ、お靴にお名前をお入れしているんです。そちらもご確認いただかないと」

「名前……」

そういえば、注文情報の控えをプリントアウトしたものを渡されていたことを思い出した。バッグの中をかき回し、どうにかその紙を見つけると、まるでお遣いの子供みたいにそのまま女店員に渡した。

「あ、たしかに双子さんでご注文いただいていますね、お名前も、ほらここに」

女店員は温子の目の前に紙を広げ、「サービス／お名前入れ／赤ちゃんのお名前」とある欄を指さした。

「彩」「鈴」というふたつの名前が、たしかにプリントされていた。

彩《あや》と鈴《すず》は未熟児で、まだ保育器に入っているのだそうだ。

けれども、来週中には、保育器を出て家に帰れる見通しがついている。そうして、血圧がずっと下がらないことが心配されていた安海の妻も、今週の初め頃からぐんぐん快復しはじめて、子供たちと同じ日に退院できることになった。だから今日は、お見舞いに行く日としては、ベストの日和《ひより》なのだと、その土曜日、女子社員が道々温子に話して聞かせた。

お祝い品を受け取りに行ったあと、温子は今更、お見舞いなんか行けるわけがないという気分になっていたが、お祝い品はそのまま温子が預かって、当日持って行くことになっていたし、その段取りを覆《くつがえ》すうまい言いわけも方法も思いつかないまま、結局その日を迎えてしまった。そして病院がある駅でみんなと待ち合わせして、ポプラ並木の大通りをぞろぞろと歩いて行く間も、急用を思い出したことにしようとか、お腹が痛くなったことにしようとか考え続けていたが、気がつくとそこはもう病院の中だった。

「ここは不妊治療では有名なところで、入院費なんかもとても高いのよ。それなのに、個室ですって」

代表者がナースステーションで面会の手続きをしているとき、女子社員が温子の耳に囁いた。どうしてこの人たちはそんなに何もかも知っているんだろう、と温子は思った。

クリーム色の長い廊下に、サーモンピンクのドアが並んでいた。代表者は迷いもせずに一つのドアの前に辿《たど》り着き、「こんにちはあ」と朗らかな声を上げながらノックした。「どうぞ」と答えたのは、安海の声だった。

病室は花でいっぱいだった。とりどりの花瓶やカゴが、床の上にまであふれていて、これまでに見たことがないくらい広い病室なのに、狭苦しく感じられるほどだった。花の向こうにベッドがあって、安海の妻が腰かけていた。女子社員たちが嬌声《きょうせい》を上げて駆け寄り、そのうしろで温子は曖昧《あいまい》に立っていた。ベッドの横に安海がいるのがわかった。こちらを見ているような気がしたが、顔を上げてたしかめることができない。

「小山内さん」

と、安海が、

と温子の名字を呼んだ。

「小山内さんは、妻と会うのははじめてでしょう。エリコ、こちらは小山内温子さん、グラフィックデザイナーの……」

「はじめまして」

温子はどぎまぎしながら頭を下げた。

「はじめまして。いつも夫がお世話になっています」

安海の妻は微笑んだ。いつかの噂話の中で、女子社員が「あいかわらずきれいだった」と言っていたことを温子は思い出した。安海が温子より十歳上なのだから、その妻も温子より年上であるのは間違いなく思えたが、とても若々しく見えた。白い肌、レモン型の大きな目、すべての憂いが霧散した人の微笑み。

それから、お祝い品のお披露目があり、そのあと、安海を先頭に、みんなでぞろぞろと別室の保育器の中の赤ん坊を見に行った。双子はそれぞれの保育器の中で、落花生みたいなしわくちゃな顔で眠っていた。「可愛いーっ」と女子社員たちが口々に言うと、「いや、まだそんなに可愛くは見えないはずだよ、君らの目には」と安海は面《おも》映《は》ゆい顔で言った。

病室に戻って、安海の妻を囲んで話した。赤ん坊を見た感想が一通り終わると、たぶん、妊娠や出産の苦労話を聞いていいものかどうかみんなが迷ったせいだろう、ちょっとした間《ま》ができて、すると安海が、

「あらためて家にも遊びに来てくれよ、みんなで」

と言った。

「行く行く」

女子社員たちがはしゃぐ。

「安海さんの家に、私、一度お邪魔したことがあるの。古くて、広くて、素敵な家よ」

「この人のおじいさんが建てた家でね」

安海は、ちょっと慌てたように説明する。

「あなた、みなさんにバイオリンを聴かせたいんでしょう」

安海の妻が言った。

「この人ね、子供が生まれるってわかってから、毎晩のようにバイオリンを弾いているのよ。子供はバイオリニストにするつもりらしいわ」

安海の妻の笑顔は、ここにあるどんな花よりきれいだ、と温子は思った。


翌日の日曜日、温子は昼食の仕度をしなかった。

何もせず、ただ全身を耳にして、安海が来るのを待っていた。

ほとんど眠れないまま早朝に布団を出、それからずっと待っていたので、午前中は果てしなく長かった。あまりにも待ちすぎて、もう安海は来ないだろう、と確信するほどだったが、実際には、安海はいつもより早く、正午過ぎにあらわれた。

「昼飯、もう用意した？」

　いきなり安海はそう言った。用意していないことが、安海にはわかるのだ。そう思い温子は息が詰まりそうになり、黙って安海を見つめた。すると安海はにっこり笑って、手にした袋を温子に見せた。

「まだだったら、ほうとうを作ってくれると、うれしいんだけど」

　袋の中には、小麦粉と豚肉と大根と人参《にんじん》が入っていた。温子は苦笑した――どれも、家にあるものばかりだったから。そのことは言わず、「いいわ」とだけ答えた。冷蔵庫の中には油揚げも葱《ねぎ》もあるし、煮干しと昆布でとっただしもたっぷり残っている。完璧《かんぺき》なほうとうができるだろう。

「お醬油味と味噌味、どっちにする？」

「うーん、それは悩ましいところだなあ」

「今日は暑いから、お醬油味のほうがさっぱりするかしら。おにぎりのほうを味噌にして」

「うん、それがいい。そうしよう」

　料理を作りはじめると、安海も台所に来た。子供のように自分も何かやりたがるので、練った小麦粉をちぎってだしの中に落としていくのを手伝わせた。「煮えるまでしばらくかかるわ」と言うといなくなったが、間もなく庭の葉蘭《ハラン》を切って持ってきた。

土鍋《どなべ》で湯気をたてるほうとうと、葉蘭をあしらった漆皿《うるしざら》にのせた焼きおにぎりが、ちゃぶ台に並んだ。汗をかきながら二人は食べた。「旨い」と安海は繰り返した。「これは、毎日でも食えるな」とも言った。たしかにおいしかった。ほうとうにはちゃんとこしがあるし、焼きおにぎりの味噌はこうばしく焦げている。

でも違う、と温子は思う。今まで、ずっと作るのをためらっていた、でもいつかきっと安海に食べさせてあげようと思っていたほうとうは、焼きおにぎりは、これじゃない。一度そう思うと思うことをやめられなかった。違う違う違う、と温子は思った。駄々っ子のように。足を踏みならしたい心地で。

もちろん、足を踏みならしはしなかったから、その午後もいつも通りに過ぎていった。食事の後は隣の部屋へ。そのあとはまたちゃぶ台の部屋へ。

この日は温子は、緑茶を淹れて冷たくして出した。安海は旨そうに喉《のど》を鳴らして飲むと、

「バイオリンを弾こうか」

と言った。

「そうね」

温子は、自分のグラスを眺めた。

「あれ、あんまり聴きたくないみたいだなあ」

安海は苦笑する。

「じゃあ、なにをしようか」

温子に体を寄せながら、そう囁く。

「もう一度しようか」

ばか、と温子が笑うと、安海も笑った。温子はそのまま安海にもたれた。安海の手が、背中を滑り、唇が髪に触れる。開け放った窓から、風が家の中を通り抜け、鳥の声が聞こえた。

安海が何か言おうとしているのが、温子にはわかった。そして自分が、安海の言葉を聞きたくないと思っていることにも気がついた。もう何も、どんな言葉も聞きたくない。今度こそ温子は叫びだしそうだった。

けれどもやっぱり叫ばなかった。そして安海は、いつも通りに、

「いいなあ、ここは」

と呟いた。

遊歩道を、長い毛の犬を連れたおばあさんが歩いていく。

クリスマスのミートパイ

いつもは曲がらない角を曲がり、どんどん歩いていったらびっくりするような場所に出た。雑木林の裾《すそ》に田畑が広がっている。この町にはもう五、六年住んでいるが、こんなに自然が豊かなところが残っているとは知らなかった。もっとも五、六年間で、散歩に出たのはこれがほとんどはじめてだった。

田んぼと田んぼの間を縫って設《しつら》えられている木道を、芳幸《よしゆき》は歩いていった。蛍光色の上下を着てきびきびとウォーキングする老人とすれ違う。平日、午前十時過ぎという時間だが、雑木林の中にもちらちらと人影が見える。今どき、住宅街の中にこんなに広々と残っている田畑は、一種の公園のようなものなのかもしれない。そう考えながら雑木林の中に入ってみると、ベンチ代わりというように、不揃いの木の椅子《いす》が三脚置いてある。芳幸は、そこに座った。何の実なのかはわからないが黄色い瓜のようなのが落ちているのを、足先でいじりながら、犬を連れた人や大声で歌う人——健康法の一種だろうと思われる——が通るのを眺めた。

猫も来た。白黒の斑《ぶち》のやつが、赤い首輪についた鈴を鳴らしながら、尻尾《しっぽ》を立てて近づいてきた。黄色い実を転がしてやるとじゃれついてきて、頭を撫《な》でたら嬉しがって芳幸の足元に腹を見せて転がった。ばかに人懐こい猫だ。鳥の羽ばたきなどが聞こえると林の中へ飛んでいくが、すぐまた戻ってきて、かまってくれというように芳幸を見上げる。

「よう、調子いいな」

抱き上げても平然としている。

「そんな調子だと、人さらいに連れていかれるぞ」

猫の耳がぴくんと立った。トモ、トモ、と呼ぶ女の声が聞こえた。木道に背の高い女が、セーターとスカートだけでコートも着ず、両腕を抱えるようにしてこちらを窺《うかが》っているのが見えた。

芳幸は慌《あわ》てて猫を下ろした。猫は女のほうへ駆けていく。女は猫を抱き上げると、芳幸に向かって曖昧《あいまい》な会釈をした。

芳幸も、ちょっと頭を下げた。猫を抱えた女の背中が視界から消えるのを待って、椅子を立った。二十四、五。俺より五、六歳若いというところだろうか、と値踏みする。痩《や》せているのと、目元が色っぽくけぶっているところが、モジリアニの絵みたいな女だった、と思った。

いったん自宅の前を通りすぎ、駅前の喫茶店でさほど飲みたくもないコーヒーを一杯飲んでから、帰宅した。

五階建ての中古マンションの三階の部屋は、都心への利便さと、リビングの広さが気に入って買った。夫婦二人暮らしだから、細々《こまごま》と仕切るよりは広々と住みたいと思ったのだったが、連日、日中ずっと妻と過ごすとなると、一人になれる部屋がないのは少々きびしい感じになっている。

玄関の上がり口に、宅配便で届いたらしい大きな段ボール箱が置いてあった。宛名《あてな》は芳幸で、差出人欄には芳幸の母の名前が書いてある。品名には「本」とある。

「なんだあ？　これ」

ただいまと言うかわりに奥へ向かってそう聞いた。「わかんなーい」と、妻のゆかりの声が答える。

「バカ重くってさー、動かせないのよー。じゃまだから早く開けてー」

芳幸は箱に手をかけたが、なるほどおいそれとは持ち上がらない。がに股《また》になってリビングに運び込み、梱包《こんぽう》を解いた。クリスマスツリーの模様のきんぴかの包装紙が一枚、上にかぶせてある。めくってみるとたしかに本だ。子供の頃読んだ絵本や、児童書の類《たぐ》いが、二十冊あまりも詰め込んである。

上にのっていたメモ用紙を開いてみると、走り書きで、〈物置きを整理したので送ります〉という母の文字。

「何？　何？」

と覗《のぞ》き込んだゆかりが、汚いものでも見たように、「うへー」という声を上げた。

「クリスマスプレゼント？」

「ていうか、たんに邪魔になったんだろ」

クリスマスまでにはあと一週間ほどある。

「お義母《かあ》さん、あいかわらず天然入ってるね」

ゆかりはちょっと笑ってから、しばらく間を置き、

「あなたの最近のこと、お義母さん知ってるの？」

と聞いた。

「いや。俺は何も言ってないけど」

「そっか、じゃあ、そのせいで送ってきたってわけでも、ないのね」

「そのせいって、なんだ、それ」

「なんだろね」

ゆかりはおどけた調子で言うと、すたすたと台所のほうへ行ってしまった。「最近のこと」か。はぐらかしたりぼやかしたりすることばかり、この頃うまくなっていくなと芳幸は考える。妻だけじゃなく、自分がまず先にそうなっているのに違いないが。

昔のゆかりなら、本にももっと興味を示しただろう。どんな少年時代だったのと、箱を覗き込んだだろう。だが、昔って、どのくらい昔だろう。

面倒になってきたので考えるのをやめて、あらためて箱の中の本を見た。どれも懐かしい本。よくまあこんなものまで取ってあったな、と思うようなのが入っている。表紙に見覚えがなくても、かび臭いページを二、三枚めくると、読んだときの記憶がよみがえった。

そんなふうな調子でリビングに座り込んで、いつの間にか小一時間が経ってしまい、たしかに絶妙なタイミングで送ってきたもんだなあ、と芳幸は思った。

芳幸が会社で倒れたのは、十日ほど前だった。

「鬼の霍乱《かくらん》」とやたら言われたが、自分でも「青天の霹靂《へきれき》」だった。三十一年生きてきて、まさか自分にこんなことが起こるとは思ってもいなかった。倒れたことではない——体が回復したあとも、仕事ができなくなってしまったことだ。

映像制作が、芳幸の仕事である。企業や民間団体の依頼を受けて、宣伝用ビデオや、記録映画を作る。便宜上会社組織にしてあるので、芳幸は社長ということになるが、実態はフリーのディレクターのようなものだ。

倒れたのは、新発売の食器洗剤の業者向け宣伝ビデオの、オフ編集の日だった。作業が終わったとたん、突然目もくらむような胃痛と吐き気と筋肉痛が同時に襲ってきて、機器の上に突っ伏した。口から泡を出し、胴震いが止まらないという状態で、救急車に乗せられたが、「心因性の胃痙攣《いけいれん》でしょう」という診断が出た頃には、すべての症状はけろりと消えてしまっていた。大事をとって一日入院したが、翌日の昼前には家に帰された。

病院を出るときには、いったん家に帰ったら、すぐに現場へ行こう、と考えていたのだが、家に着くとなんとなくその気が失《う》せていた。まあ今日のところは、無理をする必要もないかと思い、翌日になった。やっぱり腰が上がらなかった。体の調子は悪くない。ただ、どうしてもその気にならない。はじめは、それほど心配しなかった。なにしろ働きすぎていたからな、と考えた。だが翌々日になっても体は動かず、現在に至っている。

目下仕事は、それまで助監督を務めていた男に任せている。洗剤の仕事がちょうど一区切りになっていて、年内はもう大きな仕事は入っていないから、何とかなっているようだ。関係者は芳幸のうつ病を疑っているらしい。それは違うと芳幸は思う。飯はよく食うしよく眠る。

そもそも「心因性の胃痙攣」という診断が腑《ふ》に落ちない。仕事も私生活も――少なくともあのときまでは――順調そのものだった。倒れた当日にしたって、オフ編集に立ち会ったクライアントの評判は上々で、「ではよろしく」と握手を交わした直後に、ああいうことになったのだ。心因ていったい何だ。しかしいまだ休み続けているのは事実で、そういう状態を称してうつ病というのかもしれないが……。

「おっはよー」

いきなりカーテンを開けられた。芳幸はうなりながらベッドの上で反転し、時計を見る。午前八時だ。

「起こして悪いんだけど、あたしこれからシッティング行くから。お客さんから速達で鍵が届くはずだから、ピンポン鳴ったら、出てほしいの」

半年ほど前から、ゆかりはキャットシッターをしている。留守宅に行って飼い猫の面倒を見る仕事だ。

「ああ、わかった。もう起きるよ」

足元の電気ヒーターをつけながら芳幸は答えた。どのみち少し前から目は覚めていた気がする。覚めていないふりをしていただけだ。

「帰り、何時」

「昼に一回戻るけど、またすぐ出るから。お昼ご飯は各自ってことでいい？」

「いいよ。今日、何曜日だっけ」

「金曜日」

「金曜か」

まだ何か？　という表情でゆかりが見る。芳幸は、自分がぐずぐずと妻にかまってもらいたがっていることに気がついた。

最初のうちこそ、ゆかりは心配したり、なだめたりすかしたり、怒ったり励ましたりしていたが、この頃は、何も言わない。遠慮しているというのでもなく、何というか、さっぱりと無関心になってきた。あんたの仕事なんだから行くも行かないも好きにしなさい、という感じだ。

「キャットシッターか。俺もやってみようかな」

それで、芳幸はそんなことを言ってみる。

「あら。いいんじゃない」

というのが、妻の答えだ。なにがいいんだ、と芳幸は心の中で憤慨する。二人でキャットシッターになって、この家のローンが払えると思ってるのか。それとも案外、妻には妻の——妻だけの——人生設計があるんだろうか、などと勘ぐってもみる今日この頃なのだ。


一人でコーヒーを飲み、パンを齧《かじ》り、例によって絵本を眺めたりしてだらだらし、昼になったが腹も空《す》かないので、散歩に出かけた。

やたら散歩に行きたくなるのも、うつ病じゃない証拠だと思っていたが、案外逆で、「散歩型うつ病」とでもいうようなやつなのかもしれない。あるいは「散歩型引きこもり」とか。これから一生散歩だけして生きていくのかもしれない、などと考えてみると、それもいいような、そうするしかないような、なげやりな気持ちにどんどんなっていく。

高い石塀に沿った坂道を上っていくと、自転車に乗った女子中学生の大軍に出くわした。かなり急な坂道なのに、ほとんどブレーキもかけず、そのうえ荷台に立ち乗りしていたり、うしろを振り返って喋《しゃべ》ったりしているので、危ないことこのうえない。上に中学校があるのは知っているが、何でこんな時間に出てくるんだ、今日は試験か何かだろうか。石塀に張りついて軍団をやり過ごしていると、生々しい匂いにむせそうになり、ああ、これは制汗剤と、そんな姑息《こそく》なものでは抑えきれない十代の娘らの汗の匂いだ、とオヤジ的感慨にふけった。

再び坂道を上りはじめたとき、なぜか庄未《しょうみ》智花《ちか》のことを思い出した。庄未智花は以前雑用係として雇っていた娘で、十代ではないが、芳幸が知っている中で間違いなくいちばん若い女であったせいかもしれない。

庄未智花という名前は、占い師のアドヴァイスに従って自分で改名したものだそうだ。雇用面接のときの履歴書にはぜんぜん違う名前が書いてあったのに、出社するなり庄未智花だと名乗り、その名前で呼んでくれと言い張った。なんだか「しょうみきげん」みたいな響きもあって、みんな半ばバカにしながら「ショーミチカ、ショーミチカ」とフルネームで呼んでいた。

とにかく使えない娘だった。大事な電話を取りつがなかったり折れたままの書類を平然と五十枚コピーしたりということが度重なって、仕方なく芳幸は庄未智花を会社の隣の居酒屋に誘った。極力やさしく、噛《か》んで含めるように注意した。庄未智花は俯《うつむ》いて黙っていたが、突然顔を上げると、目に涙をいっぱい溜めて、「あたし、小説家になりたいんです」と言った。

「え。そうなの」

芳幸は意表をつかれて、まぬけ面で聞き返した。

「この会社に来ればシナリオとか書く仕事があるから、勉強になるかと思って。でもぜんぜんそんなの書かせてもらえなくて、コピーとか、お遣いとか、そういう仕事ばっかりで、体だけくたくたに疲れて、家に帰っても小説書く気力が無くなっちゃって、こんなんじゃだめなんです。あたし、仕事をやめたほうがいいのかもしれない」

堰《せき》を切ったように喋《しゃべ》りだした庄未智花を、芳幸は呆然《ぼうぜん》と眺めた。それから、胸の中で長い溜息を吐《つ》き、再び噛んで噛んで含めるように、うんざりしているのが声に出ないように気をつけながら、

「君の考えはちょっと違うと思うよ」

と言った。

「小説の勉強になるのは、シナリオだけじゃないよ。コピーだってお遣いだって、本気でやれば小説の滋養になるんじゃないのかな。本気ってところが大事なんだ。時間

が足りないとかの問題じゃないんだ。お遣い一つやり遂げられない人間が、小説を書けるとは思えないな」

お遣い一つやり遂げられない私、というのは案外面白い小説になるんじゃないか、と途中で思ったが、とにかく最後まで喋った。庄未智花はまた俯き体勢に入って、「わかりました」と呟いた。カウンターに、ぼとんと大きな音をたてて涙がこぼれた。

翌日、庄未智花は無断欠勤し、昼過ぎになって姉だという女から電話があって、庄未智花は一身上の都合によって御社を辞めさせていただきます、と言った。

そういえば、あれは倒れる一週間ほど前のことだ。しかし、まさかあれが「心因」じゃないだろう。庄未智花が辞めることがわかったとき、俺はどちらかといえばほっとしたんだから、と芳幸は自分に言い聞かせる。

また、あの田畑が広がる場所に来た。

ふいに視界が広がるから、来るたびにはっとする。今は稲が刈り取られたあとだが、稲穂がつく季節はさぞきれいだろう。芳幸は高校を卒業するまで秋田で育ったので、稲穂の匂いを知っている。

ゆかりには、この場所のことを言っていなかった。言うのを忘れたな、と思い、故意に言わなかったとは考えないことにした。

今日は辺りに人影はない。ウォーキングじいさんもシルバーカップルも、四六時中ここに来ているわけじゃないんだよな、と当たり前のことを考えてちょっとさびしくなる。木道を端から端まで歩き、Uターンしてまた歩いた。田んぼと畑を区切る低い植え込みの中を、黒白の影が過《よぎ》った。

「おいっ」

猫はくるっと振り向いたが、またすぐに前を向いてしまった。虫か何かを狙《ねら》っているらしい。芳幸は木道にしゃがんで、猫が用事をすますのを待った。猫は頭を低くして獲物に跳びかかる姿勢になるが、そのまま長いこと動かない。

「おーい」

しびれを切らしてもう一度呼んだとき、気配があって、見上げるとモジリアニ女がこちらに向かって歩いてきていた。

「こんにちは」

と女は挨拶《あいさつ》しながら、困ったように微笑む。

「あっどうも、すいません」

と芳幸は意味もなくあやまった。

「お宅の猫ですか、あれ」

わかっていることを聞く。女は返事の代わりのように、

「トモ。トモちゃーん」

と猫に向かって呼んだ。猫はちらっと女を見てから、ぴょんと跳ぶ。獲物は捕まえそこなったらしい。だがまだ戻ってはこない。女のほうを窺いながら、畑の中へ駆け出していく。

「トカゲでも見つけたのかな」

「ばかだから、心配で仕方なくて」

「ばかですか」

「誰にでもついていっちゃうから、目が離せなくて。世の中には意地悪な人っているでしょう」

女は猫から目を離さないまま、独り言のように喋った。今日は分厚い毛布みたいなロングスカートと、それにはぜんぜん合わないスポーティーな赤いダウンジャケットを着ていたが、やっぱり寒そうに見える。

「可愛いですよね、彼」

自分は意地悪な人ではない、ということを知らせるために芳幸はそう言った。と、

女にはたと見据えられた。

「あ。彼……じゃなくて？　彼女？」

「ほんとは外に出したくないんだけど、鳴くもんだから、根負けしてしまって。それで、出すと一日中気にしてなきゃいけなくて。猫のことばっかり一日中。ばかみたいだと思うんだけど」

「あ。でも心配ですよね。やっぱり。猫は」

芳幸はへどもどした。女はダウンの下にTシャツのようなものを着ているが、衿《えり》が深くくれていて、白い胸元が上下するのが見える。

放っておかれて心配になったのか、猫は尻尾を立てて甘い声で鳴きながら、駆けてきた。女は素早い動きで身を屈《かが》めて猫をすくい上げると、

「さ、帰るわよ」

と、すでに芳幸がそこにいないかのように言った。

その日の午後は、大工をして過ごした。

さすがに腹が減ってきたので駅前に出、いつも行く喫茶店でうまくもないカレーピラフを食べたあと、ぶらぶら歩いていたら荒物屋の店先に「百円均一」でいろんな大

きさの板が並べてあった。そうだ、送られてきた絵本専用の本箱を作ろう、と突然思い立ったのだった。

もともと手先は器用なほうだ。簡単な図面を引き、もう何年も使っていない電動ノコギリや金槌《かなづち》を引っ張り出して、ベランダは寒かったから、リビングで作りはじめた。二時間足らずで枠組みができあがり、塗料を塗りはじめたところで、玄関が開く音がした。

「ただいまー」

というゆかりの声に、

「おじゃましまーす」

という複数の声が続いてぎょっとする。ゆかりのうしろから、同じ年恰好の女が三人、どやどやと入ってくる。

「やだもー、広げちゃって。何やってんの?」

「あ。いやさあ……」

と芳幸は言いかけるが聞いてもらえず、

「ごめんねー、これうちのダンナなの」

と紹介される。「こんにちはーはじめましてー」と明るすぎるような声が三人分飛んできて、慌てて「どうも」と頭を下げる。

「みんなキャットシッターのお仲間なの。夕ご飯まで、ちょっとここで作業するから」

「あ。どうぞどうぞ」

「すみませーん」

どうして平日のこんな時間にダンナが家にいるのか、誰も聞こうとしないのがぎゃくに気まずい。あるいはもう説明済みなのか。ゆかりたちはキッチンのテーブルに座った。リビングとキッチンは一続きだから、床で作業している芳幸は一同から見下ろされる感じになる。かなわねえなと思ったが、塗料を塗りかけで逃げるわけにもいかない。

とにかくさっさと塗ってしまおう。作業が一気に雑になる。それいいねーとか、かわいいねーとかいう年甲斐《としがい》もない黄色い声が、頭の上に降ってくる。盗み見ると、妻たちも色紙やらカラーペンやらで何やら工作している。何度か盗み見るうちに、クリスマスカードを作っているらしいとわかってきた。キャットシッターの客に出すのだろうか。まさか猫宛てじゃないだろうな。

一人の女と目が合った。ニッコリ笑って、

「ご主人は、何を作ってるんですかあ？」

と質問されてしまう。

「ああ。えーと、本箱、ですね」

「へえー、すごーい」

「こないだダンナのお母さんから古い絵本が大量に送られてきたのよ、それでこの人ったら、すっかり子供返りしちゃって」

ゆかりが口を挟んで、ぞんざいにまとめた。子供返りってなんだ。勝手に作るな。

「あ、あたしそれ、知ってる」

そう言ったのはまたべつの女だった。箱の高さを決めるために使った一冊の絵本を指している。犬とオウムとおばあさんが出てくる本だ。

「犬とオウムがケーキ焼くんですよね、おばあさんの誕生日に」

「そうそう、でもケーキじゃなくて、ミートパイだよ」

芳幸はちょっと嬉しくなって答えた。なかなかお気に入りの絵本だったのだ。

「子供の頃はミートパイなんてまだ食ったことなかったから、憧《あこが》れの食い物でさ。絵がまた、えらく旨《うま》そうに描いてあったじゃない？　でっかいパイの真ん中に犬がナイフ入れて、そこから湯気がぼわってたってんの。ああいうの食ってみたいって、今も思ったりしない？　パン屋で売ってるようなのは、なんかイメージが違うんだよなあ」

つい熱を込めて語ってしまい、気がつくと全員が困った顔をしていた。

「あー、あんまりよくは覚えてないんですけど、でもおいしそう」

それ、知ってる、と言った女が、へなっと微笑み、

「おいしいとこのはおいしいわよ、パン屋のミートパイだって」

と、叱るようにゆかりが言った。

子供の頃、クリスマスのプレゼントは絵本だった。

イブの朝目を覚ますと、枕元に白い毛糸の端がある。毛糸を手繰《たぐ》っていくと、家の中のどこかに隠してある絵本に辿《たど》り着くのである。

不思議なほど毎年楽しみだった。本がとくに好きだったというわけでもなくて、本を見つけるのが面白かったのかもしれない。白い毛糸に案内されていく家の中は、いつもとまったく違って見えた。あの習慣があったのは、六、七歳の頃までだったか。

小学校高学年の頃には、現金をもらってゲームやプラモデルを自分で買った記憶がある。

傍《かたわ》らのゆかりがこちら側に寝返りを打った。午前四時。芳幸はずいぶん前に目が覚めて、眠れずにいる。

妻の青いネルのパジャマの胸元がはだけている。ゆかりはいわゆる貧乳だが胸を布団に押しつけるように寝ているので、谷間ができている。そこに芳幸はそっと指を這《は》わせた。二往復してみた。ゆかりが溜息のような声を漏らした。おっ、と思ったとたん、再び寝返りを打って、背中を向けてしまった。

「おい、おい、大変だぞ」

翌朝、芳幸は洗面所にいるゆかりを覗き込んだ。

「今日、クリスマスイブだって知ってた？」

「ああ、そうみたいね」

ゆかりは真剣な表情で鏡を覗き込んだまま、答える。

「どっか行こうか」

「……どっかって？」

「いや、ほら、世間のカップルみたいにさ。おしゃれなレストランでディナーとか」

「おしゃれなレストラン？」

ゆかりは奇妙な表情で芳幸を見る。笑いだすのかなと思ったら、思いきり眉《まゆ》をしかめた。

「だーめよ。今日は山ほどシッティングが入ってるんだから。世間がはしゃいでるときは、うちのかきいれどきだもん」

「ふーん。あっそう」

ふてくされた声を出してみたが、無視された。ゆかりは毛抜きで、口元のほくろに生えた毛を抜きはじめた。

それで、また散歩している。

家を出て、真っ直ぐにあの田園地帯を目指している。

今日も誰も歩いていない。最初の日、同じ時間帯に来たときには何人もぶらぶらしていたのに、どうして今日は無人なんだ。クリスマスイブだからか。むかっ腹を立てながら、木道を何度か往復し、所在なくなって雑木林の中の椅子に座った。

会社に行かなくなってもうすぐ三週間になる。仕事納めには行かないとまずいだろう。行こうと思えば明日にだって行けるのだと思う。自分は会社に行けないのではない、行きたくないのだ。温かい風呂から出たくないみたいなものなんだ。だがどうも、風呂に浸《つ》かっているにしては、寒々とした感じもある。

何かまずい気分になってきて、家に帰ろう、と思ったのとほとんど同時に、猫を抱いた女があらわれた。

木道の片端は田んぼに隣接する住宅街に続いていて、女はそちらから歩いてくる。芳幸を見て会釈をする。こっちに来るつもりのようだ。今日は猫を抱いているんだから、猫を探しに出てきたわけじゃないだろう。ひょっとして俺に会いに来たのか。田んぼを見下ろす古ぼけた二階屋が女の家ではないのかと芳幸はあたりをつける。二階の窓から毎日外を見て、俺が来るのを待ってるんじゃないのか。

嬉しいような薄気味悪いような、とにかく動揺のあまり立ち上がってしまった。女は芳幸の正面で立ち止まる。何か気の利いた言葉を芳幸が考えるのより早く、

「不躾《ぶしつけ》なお願いなんですけど、これからうちに来ていただけませんか」

と言う。

「は。お宅に」

「ええ、そこに見えるのがうちなんです」

女は、芳幸が考えていたとおりの家を指した。

「温かい飲みものでもいれますから。ぜひ」

女はくるっと向きを変えると歩き出した。俺は頷《うなず》いてしまったんだろうか、と芳幸

は思う。あの、とか、やっぱり、とか呼び止める言葉を頭の中で探しながら、事実上ついていっている。女の肩越しに顔を出している猫と目が合い、慌てて逸《そ》らす。

女は裏木戸を開けて、南天の実の赤ばかりが目立つ細長い庭を通り、芳幸を家に招じ入れた。ドアの前まで来たとき中で電話が鳴っているのが聞こえたが、女はとくに急ごうとはせず、靴を脱いでいるうちにベルは鳴り止《や》んだようだった。外観のうらぶれた感じとは違って家の中はすっきりときれいだった。漆喰《しっくい》の壁に、古い和本から切り抜いたような花の版画の額がかかっている。

古めかしい革張りのソファーがある部屋に通された。大きなソファーだからじゅうぶんベッドになるな、などという考えが頭の隅に浮かんでしまう。女はいったん奥へ消えたと思ったらすぐに戻ってきた。コートを脱いできただけのことらしい。今日は白いとっくりのセーターを着ているがばかにぴったりしたデザインで、細身のわりに豊かな胸のかたちがあらわになっている。

女は斜向《はすむ》かいの一人掛けソファーには座らずに、芳幸のすぐ前に立った。猫が転がるように走ってきて、芳幸の足にじゃれつく。愛想全開で、ナゴナゴ鳴きながら足元に転がったりまるまったりしはじめる猫から、何となく慌てて目を逸らすと、窓辺に小さなガラス製のツリーが飾られているのが見えた。

「そういえば今日、クリスマスですね」

擦《かす》れた声で芳幸が言うと、

「あ、そうなんですね」

女はどうでもよさそうに答える。猫は芳幸が構わないので、膝《ひざ》に前脚をかけて頭をすりつけてくる。それを無意識に払いのけてしまい、慌てて頭を撫でながら、

「うちのカミサン、キャットシッターなんてやってるんですよね」

と言ってみる。女は、芳幸の顔にじっと目を注いだまま、もう頷きもしない。

これは、もう、そういうことではないのか。

いきなり抱きすくめるとか、押し倒すとか、そういうことをするしか、ないのではないか。

俺は追いつめられている、と思いつつ、頭の隅で、妻帯者であることは言ったよな、と計算している。決意しかけたそのとき、電話が鳴った。大きなベルの音が二階から聞こえてきたが、すぐに子機のベルが鳴りはじめ、それは芳幸の目の前のテーブルに置いてあるのだった。

「取ってください」

と女が言った。

「取ってください。お願い。電話を取って」

「え」

芳幸は女の顔と電話を見比べた。女の必死の形相に呑《の》まれたようになって、電話を取った。いきなり、甲高《かんだか》い女の声が大音量で耳に流れ込んできた。

「あんたねーえ、電話取りなさいよ。家にいるのはわかってんのよ。どうせほかに行くとこなんかないんでしょ。あんた、いいかげんにしなさいよ。ススムはね、もうあんたを見切ってんのよ。あんたがいくら離婚しないって騒いだって、ススムはもうあんたを捨ててんの。わかる？　お願いだからもう解放してくれってさ、ススムが。男にそこまで言われて、どうなの、あんた？……」

芳幸は目の前の女を見た。女は何も言わない。ただ、食い入るように芳幸を見返している。どんな言葉が聞こえているのかすべてわかっているのだろうと芳幸は思う。

瞬間、自分でも思いがけなく、

「おい」

という声を電話に向かって発していた。切れ目なく怒鳴り続けていた女の声が、ぴたっと止まる。

「……あんた、誰？」

「誰だっていいだろ。おまえこそいいかげんにしろ」

「何。何。なんなのよあんた。誰なの？　あの女に頼まれたの？」

「うるせえ」

怒鳴った。電話の女に対してなのかどうかよくわからなかったが、猛然と腹が立ってきた。

「もうかけてくんな。俺が黙っちゃいねえぞコラ。ブス。ブース。大ブス。バカ。死んじまえ」

再び、一瞬の間があって、女は機関銃のように喚《わめ》きはじめ、芳幸は電話を切った。

電話を睨《にら》み、再びかかってきたら本気で応戦してやるという決意でさらなる罵詈《ばり》雑言《ぞうごん》を考えていたが、なぜかもう電話は鳴らなかった。電話の女は事態を男に報告に行ったのかもしれない。

そこまで考えて芳幸はようやくはっとして、女を見た。何を言えばいいのか考えているうちに、

「ありがとうございました」

と、女のほうが先に言った。

「お茶をいれますから……」

「いや」

芳幸は反射的に立ち上がった。女の体を迂回《うかい》するようにして、部屋を出た。女は呼び止めなかった。

廊下に出ると、いつのまにかいなくなっていた猫が、階段の下に据えられたボウルの前で、カリカリと音をたてて餌《えさ》を食べていた。


家に帰ると、思いがけず人の気配があった。

ゆかりが帰っているのだろうか。芳幸は心ならずも緊張する。と、何かがこっちに向かって突進してきた。猫だ。二匹。まだ子猫と言っていい大きさの雉猫《きじねこ》と白猫で、それぞれ首に緑と赤のリボンをつけている。

「あら。帰ってきたの」

ゆかりが台所から顔を出し、芳幸は思わず姿勢を正した。

「……いや。いないと思っててさ。ていうか、何？　どしたの？」

「ああ、なんか会場がどうとかでね」

「会場？」

「だからお客さんが、クリスマスパーティーを、どっかのお店でやることになってたんだけど、そこがだめになっちゃったんだって、理由は聞かなかったけど。それで、急遽《きゅうきょ》その人の自宅が会場になって、その間、うちで預かることになったの、その子たちを」

「はあ、なるほど」

よくわからないがわかったことにした。自分に関係のある理由ではなかったので、とりあえずほっとし、そうしたら、家の中に漂っている匂いに気がついた。

「なんだ？　すげーいい匂い」

「あれをご覧」

おかしな口の利きかたをする妻が指すほうを見ると、食卓の上に大きなケーキみたいなものがのっている。ケーキじゃない。パイだ。

「ミートパイだよ」

「ミートパイ？」

「この前、熱く語ってたでしょ。焼いてみたのよ。クリスマスだし。皮は売ってるやつだけど、中身を作るだけでも結構大変だったよ。だからチキンとかはなしね」

芳幸は信じられない思いで目の前の物体を見た。妻が焼いたミートパイ。

「切ってみれば」

ゆかりが言う。

「え、いいの？」

「今焼きたてだもん。今しかないでしょ」

芳幸はもう一度信じられない思いで妻を見てから、手渡されたナイフをパイの中央に入れた。ぼわっと湯気があがり、辺りに漂っているのよりいっそう濃い、炒《いた》めた玉ねぎと肉の匂いがたち上る。

「これだよ、こういうのだよ」

「よろしゅうございました」

さっきからおかしな言葉遣いになっているのは、もしかして照れているのか、と芳幸は気づく。

ゆかりは、取り皿と、冷蔵庫からシャンパンまで出してきた。シャンパンの瓶の首にも、猫たちと同じ、赤と緑のリボンが巻いてある。

なぜか緊張が戻ってきた。これはなんだかできすぎではないのか。妻の顔を盗み見ると、相手はどうやらさっきからずっとこちらを見ていた気配。

「まあ、これ食べて、元気出してよ」

「え。元気ない？　俺？」

ゆかりは呆《あき》れたような顔になった。溜息をつき、

「何言ってんのよ」

と、苦笑する。

ああ、そうだよな、と芳幸は思う。会社休んでるんだもんな。慌ててパイを切り、口に入れた。何か頭の中がぐるぐるしていて、旨いのか、そうでもないのか、正直言ってよくわからない。だがこれからは、あの絵本のミートパイを思うとき、いつでもこの味がよみがえってくるのだろう。

「旨いよ。サイコー」

そう呟いて、さっきから二匹の子猫がしきりに靴下の匂いを嗅《か》いでいることには気がつかないふりをする。

アイリッシュ・シチュー

アイリッシュ・シチューは正しくは、羊肉で作る。

だが、私が最初に、その料理の名前を知ることになった本では、代用として豚バラ肉を使っていた。その本は、そもそも私の母の本だったから、当時はまだ羊肉なんて一般には手に入らなかったのだろう。そのとき覚えたまま、私は豚バラ肉を使って、アイリッシュ・シチューを作る。豚肉ならば、どこにでも売っているから、思い立ったときにすぐ作れる。

昨日も、それを作るつもりだった。ちょうど、夫や子供たちが会社や学校へ出かける頃から雪が降りはじめ、昼前にはすでに数センチ積もっていた。テレビニュースは東京でも大雪になるだろうと予報していた。家族の帰宅の足が心配ではあったが、アイリッシュ・シチューにぴったりの日だった。

でも結局、作れなかった。実際東京は大雪になり、その降りかたは予報をはるかに超えたので、昼過ぎにインターネットで頼んだスーパーマーケットの宅配が、不可能になってしまったから。午後四時過ぎ、本来ならば、宅配が届く筈《はず》の時間に電話がかかってきて、今日の配達は取りやめになったことを知らされた。

私たちが住む家は、都下としては豊富な自然に囲まれているかわり、かなり不便な場所にある。だからスーパーの宅配を利用したりもするわけで、大雪だと、もう、お手上げだった。バスはまだ動いているようだったが、真っ白になっているに違いないバス停までの坂道に怯《ひる》んでしまった。アイリッシュ・シチューの材料というより、そもそも何の材料も冷蔵庫に残っていなかった昨日、宅配がだめになり、家から出られないとなると、夕食は有り合わせでひねり出すしかなくなった。

じゃこと葱《ねぎ》とチーズを入れたオムレツ。ザーサイと胡瓜《きゅうり》のサラダ。切り干し大根の煮物。じゃがいもと若布《わかめ》のお味噌汁《みそしる》。たしかにぱっとしない食卓だった。冷凍庫の奥からししゃもを見つけ出して、揚げて出したら夫の延彦《のぶひこ》はそれで旨《うま》そうにビールを飲んだが、中二になる娘の留加《るか》が文句を言った。マジこれだけ？　肉、ないわけ？　とかなんとか。まあ無理もない。食べ物に関しては、わがまま放題に育ててしまったのだし、育ち盛りで、おまけに昨日は、大雪の中寒い思いをして帰ってきたのだから。

ごめんね、宅配が来てくれなかったのよ。

おかあさん専業主婦なんだからさあ、買い物くらい自分で行けばいいじゃん。雪だって台風だって普通の人は働いてんだよ。

おい留加。何えらそうに言ってんだ。

延彦がたしなめると、留加はぶすっと黙り込んだ。ごはんも、取り皿にとったオムレツも残したまま、ばたばたと二階に上がってしまった。

雪は夜のうちに止《や》み、今朝起きると、空はすっかり晴れ渡っていた。

太陽の光に、積もった雪の白さが合わさって、辺りはまるで蛍光灯に照らされているみたいに明るい。雪はすでに緩みはじめていて、庭の景色は生クリームたっぷりのケーキを思わせた。庇《ひさし》からバタン、バタンと落ちてくる雪を、猫のヨベルが窓にはりついて見ている。

「雪、止んだんだあ。よかったあー」

留加が階段を下りてくる。口調が少々大げさなのは、昨日のことを、彼女なりに謝罪しているつもりなのだ。今日のお弁当何？　オムライスよ、と答えて、玉ねぎとコーンビーフとケチャップで炒《いた》めたごはんを見せると、やったぁー、と歓声を上げる。

昨日と同じように卵でごまかした料理でも、ごはんが赤ければ喜ぶのだから無邪気なものだ。

延彦と、留加の弟の紬《ゆう》も下りてきた。紬は小学校六年になる。今朝は、紬の機嫌が悪そうだ。窓の外を見て、ちっ、と舌打ちする。いったいいつから、この子は舌打ちなんかするようになったのだろう。

「おかあさん、青い運動靴どこ？」

玄関のほうから、紬は声を上げる。

「青い運動靴って？」

私はちょうど、ケチャップライスの上にのせる卵をふんわり膨らませているところなので、手が放せない。

「あーおーいーやーつ。北海道で買ったやつだよ」

北海道。ああ、そうかと思い出した。去年、流氷を見に行ったとき、道がどこもかしこも凍っているのに閉口して、家族全員が現地で靴を買ったのだった。底に滑り止めがついている靴だ。

「下駄箱じゃないわ。納戸《なんど》を見てみて」

返事はなく、移動する足音だけが聞こえる。きっとまた舌打ちしたのかもしれない。

乱暴に納戸の戸を開ける音。どこだよ？　と苛立《いらだ》った声で紬は怒鳴る。

「うるさいなあー。普通の靴履いてけばいいじゃん。雪国じゃないんだからさあ」

洗面所の戸が開いて、ドライヤーの音とともに、留加が怒鳴り返した。

「うっせーよ、関係ないだろ」

「あんた、滑って笑われるのがそんなにこわいの？　バッカみたい。しょぼーい」

バーン、と紬が何かを投げ下ろしたか、蹴ったかした音が聞こえて、私は思わず、延彦のほうを見た。テーブルについてコーヒーを飲んでいる延彦は、何も聞こえないかのように新聞を読んでいる。

「ねえ、ちょっと見てきてやって」

「うん」

延彦は返事をするが、しばらく待っても新聞から顔を上げる気配さえない。しかたがないので、私はフレンチトースト（これもまた卵だ）を焼いている火を止めて、納戸へ行った。

納戸はひどい有様になっていた。ぐちゃぐちゃに引っかき回されている荷物を掻《か》き分け、壊れたままのオイルヒーターと古いアイロン台のうしろから、どうにか靴箱を取り出してやる。

「それじゃ、行くから」

私がダイニングに戻ると、延彦は立ち上がった。あら、早いのね。うん、電車がまだ通常じゃないかもしれないから、ちょっと早めに出るよ。八時を回って、子供たちもそれぞれ登校していった。紬は結局、滑り止めのついた靴を履いていかなかった。箱から出して履いてみたら、すっかり窮屈になっていたのだ。

玄関に脱ぎ捨てられたままのその靴を、私は再び、箱の中に入れた。もう履けないなら、誰かに譲るか、譲る心当たりがなければ、捨てるしかない。結局どちらもできないんだろうな、と思いながら、靴箱を納戸にしまった。

洗い物をしていると、ヨベルが足元にまとわりついてくる。

普段、あまり鳴かない猫なのに、ニー、ニー、と情けない声で鳴く。そういえば今朝はまだ、ごはんを入れてやっていなかった。

ごめん、ごめん。勝手口の三和土《たたき》に置いた猫用の食器に、キャットフードを入れてやると、ヨベルは勢いよく食べはじめる。先月、年一度の、伝染病の予防接種に連れていったら、ちょっと太りすぎですね、と獣医さんから言われてしまった。ヨベルは今六歳だが、これから歳をとってくると、太りすぎは様々な病気の誘因になるそうだ。

とりあえず、今与えている餌《えさ》の二割程を減らしてみてください、と指示されたが、そもそもヨベルはそんなに食べるわけではないから、どうも加減がよくわからない。今も、もう皿から離れて、窓際で毛繕《けづくろ》いをしているが、皿の中のキャットフードはあまり減っているようにも見えない。

再び洗い物に戻り、あと少しで終わるというときに、電話が鳴った。手を拭《ふ》きながら子機を取り、「もしもし」と応答するなりブツッと切れてしまった。間違い電話だったのかもしれないが、いやな感じだ。もう一度鳴るのをなんとなく待ちかまえていると、かわりに玄関の呼び鈴が鳴った。

ドアの前で一瞬、ためらう。スーパーの宅配であることを告げる声がして、慌《あわ》ててドアを開けた。いや、どうも。昨日はご迷惑をおかけしました。いつもの配達のおじさんが、帽子を取って頭を下げる。すごい雪でしたものね、しかたがないわ。話しながら、ビニール袋に入れた食材を受け取っている間に、ドアの隙間《すきま》からヨベルが外に出ていってしまった。あっ、こら、ヨベル、と呼んだが、あっという間に隣家の庭のほうへ走っていく。今日は雪で足を濡《ぬ》らすから、外には出すまいと考えていたのに。すみませんねえ、大丈夫ですか、とおじさんが、あまりすまなさそうでもなく言い、ええ大丈夫、と私は答えた。出てしまったものは仕方がない。

さっきの切れた電話は、宅配のおじさんがかけたのかもしれない。車の中から電話して、在宅をたしかめてから、その方角へ車を向ける。ほかの宅配便で、そういうことをする人がいた。そうやって、配達の時間を少しでも短縮しようとするのだろう。名乗りもしないでブッッと切るのは非常識だが、自分とわかるはずがないから大丈夫、などと考えているのかもしれない。

そんなことを考えながら、私は届けられた食材をたしかめた。当日配達できなかったものは、翌朝に届くわけだ。考えてみれば当たり前なのかもしれないが、予想していなかった。配達はキャンセルされて、あらためて注文しなければならないと思っていた。いずれにしても、今日はこれでアイリッシュ・シチューが作れる。

夕方まではたっぷり時間があるのだから、豚バラを塩で締めておこうと思いついた。ただ切って煮るよりも、そっちのほうが美味《おい》しくなるし、きっと本式に近くなりそうだ。かたまり肉に小さじ二杯程の塩をまぶし、キッチンペーパーでくるんで、冷蔵庫に入れる。それから、庭に面した窓を開けて、ヨベル、ヨベル、と呼んでみた。首に鈴をつけているのだが、ちりんという音も聞こえない。ぬかるみを歩いてどろどろになった足で絨毯《じゅうたん》の上を歩かれるのはかなわないが、ヨベルだって、濡れるのはきらいだろうに。昨日、一日外に出られなかったから、せいぜい走り回っているのだろうか。晴れたらどこそこへ行こう、今日は何々をしよう、などと思い巡らすことが、猫にもあるのかしら、と考えてみる。

バタン、と庭に雪が落ちた。庇からではなく、向かいの家との境に数本生えている竹から落ちたのだった。数日前に報じられたニュースが、ふいに思い出された。大雪に見舞われた地方で、保育園の屋根の雪が滑り落ち、その下で遊んでいた小さな子が二人、亡くなったという痛ましい事故。ばかな——無駄な心配だ。あれは積雪数メートルという雪国で起きたこと。でも——猫にとっては、この辺りの屋根に積もった雪の分量だって、頭の上に落ちてくればじゅうぶん危険なのではないか。まさか。考えすぎだ。猫なんだから雪が落ちてくれば身軽によけるだろう。私はもう一度窓を開けて、ヨベルの名前を何度か呼んだ。

台所に戻ったとき、車の音が聞こえた。延彦が帰ってきたような気がして、私はもう一度窓のほうへ行ってしまった。延彦であるはずもない。通勤には電車を使っているのだから、彼の車は朝から駐車場に停《と》まったままだ。どうして延彦の車だなどと思ったのだろう。車は、向かいの宅地に入ってきたのだった。若い営業マンが一人降りてきて、後部座席から折畳み椅子《いす》と赤い幟《のぼり》を引っ張り出している。

向かいにあった古い家に住んでいた人たちは、昨年秋に引越していき、家は、その年の内に取り壊された。洗濯物がよく乾くでしょう。この前、隣の家の奥さんが邪気なく笑いながらそう言った。南側の家がなくなったから、たしかに今は、驚くほどふんだんな光が家の中に入ってくる。つかの間の幸せよ。私も笑いながら、そう答えた。更地《さらち》には今、新しい家の枠組みが杭《くい》とロープで示されている。前の家よりもずっと大きいから、家が建てば、我が家の陽当たりは以前よりも悪くなるだろう。

ポストにチラシが投函《とうかん》されていて、その新しい家が分譲住宅として売り出されることを、今年になって知った。四千二百八十万円だそうだ。買えない値段じゃないけどな、と延彦は言った。買うにはこの家が売れないとね。いずれにしても、向かいの家を買うというプランに現実味はちっともなかったが、家を買い替える話は、しばらく前から度々出ていた。築十年の中古を買って八年が経った今の家は、あちこちガタがきているのは直し直し住むとしても、最早どうしようもなく手狭なのだ。

子供たちは毎年毎年大きくなる。体積が増えるばかりでなく、周りにものが増えていく。新しいものが増えていくばかりでなく、捨てちゃだめ、と言い張るものも増えていく。

昼近くなっても、ヨベルはまだ帰ってこなかった。

私はどうにも落ち着かなくなって、探しに出かけた。セーターとスカートという格好の上に、玄関にかかっていた延彦のダウンジャケットを羽織る。足元の用心に長靴を履いて、表に出た。

営業マンと目が合ってしまったので、仕方なく会釈をすると、相手も慌てて頭を下げた。まだ二十四、五くらいだろうか。屋根も机もない屋外にぽつんと座っている姿は、いかにも頼りなげに見える。新入社員が、ある種の通過儀礼として、こういうところに寄越《よこ》されるのかもしれない。延彦なら、からかい半分、興味半分で「売れそうですか?」とでも声をかけるところだろう。でも、もちろん、私にはそんな真似はできない。

ヨベル、ヨベルと連呼するのは恥ずかしくて、何かべつの用があるようなふりをして黙って歩いた。少し離れてから、あまり大きくない声で、ヨベル、と呼んだ。今まで、こんなふうに探したことはなかった。この辺りには車も入ってこないし、近所の人はみんな気心が知れていて、猫を苛《いじ》めるような人の話は聞いたことがない。ヨベルはいつでも、ふらっと出ていって、気がすめばひょっこり帰ってくる。夏ならば一晩中遊んでいることもある。心配するから心配になるのだ、と私は自分に言い聞かせる。

長靴の下で、泥混じりの雪がザクザクと音をたてた。

家に戻ると、朝、多めに作っておいたケチャップライスをレンジで温めたが、ヨベルのことが気になってあまり食欲が出なかった。半分近く残してしまった皿を台所のゴミ箱に空け、洗って水切りカゴに入れると、私はとうとう延彦の携帯に電話をかけた。

「はいっ」

あまりにも快活な、明るい夫の声が聞こえてきて、私はびっくりした。そのことで、それまでの不安が一瞬のうちに雲散するようでさえあったのに、「もしもし」と私が声を発したとたん、「ああ……」と延彦はトーンを落とした。幾分、失望したようにも聞こえた。

「ごめんなさい。今、いいかしら」

「いいよ。何？」

延彦の口調には、電話を早く切りたがっている気配があった。夫も今は昼休み中であるはずだということに、私はようやく思い至った。同僚と社外で食事している最中で、むしろ仕事中よりも家族とは話しにくい状況なのかもしれない。

いずれにしても、会社にいる延彦の携帯に私が電話することはめったになかった。

前回電話したのは、たしか——そうだ、去年の夏、留加が急性盲腸炎になったときだった。手術中、病院から連絡したのだ。――それで今は、私は何を話したくて延彦に電話したのだったか。

「どうしたの？」

うん……、と私は口ごもった。

「とくに用というわけじゃないんだけど」

「用じゃないの？」

延彦は苦笑したようだ。微《かす》かな苛立ちをその中に聞き取った気がして、私は慌てて、

「あのね、ヨベルが帰ってこないのよ」

と言った。

「ヨベル？　昨日の夜、いなかったっけ？」

「ううん。昨日はいたわ。今朝、宅配が届いたときに、外に出たの。何度か呼んだんだけど、まだ帰ってこないものだから……」

「まだって、まだ昼じゃないか。天気がいいから遠出《とおで》してるんだろう。大丈夫だよ。腹が空《す》けば帰ってくるさ」

延彦は整然と言う。そして少し急いでいる。それで、私は、落下する雪の心配を口にすることができなくなってしまう。

私は夫との電話を終えた。そうね。もう少ししたら帰ってくるわね。ごめんなさい、おかしな電話をして。

夫に電話をかけたのは間違いだった。結局私はそう思った。私はくよくよ考えはじめたが、その気分の中には、延彦の声の中の失望のトーンへの気掛かりも混じっていた。今や私は、自分の不安の正体についてよくわからなくなっていたけれど、同時にその不安はあきらかにさっきまでより膨らんでいる。

電話が鳴った。夫がかけ直してきたのかもしれないと思い、飛びつくようにして受話器を取ったが、もしもし、と応答したとたんに、ブツッ、と切れる。朝と同じだ。では朝の電話は、宅配の人が、在宅をたしかめるためにかけたものではなかったのだ。もしかしたらヨベルに関係あるのかもしれない、という考えが浮かんでくる。いや違う、朝、無言電話がかかってきたときは、ヨベルはまだ家の中にいたのだから。そうだ、ひょっとしたらヨベルは家の中にいるのかもしれない、と私は思いついた。

窓を開けて呼んでいる私の足元から、するりと家の中に入ったのかもしれない。そういうことはこれまでにもよくあった。私が知らないうちに二階に上がり、こちらの心配を尻目に、寝室のベッドの上でとっくに昼寝を決め込んでいるのかもしれない。

「ヨベル」

私は二階に上がってみた。二階には、夫婦の寝室と、子供たちの部屋がひとつずつある。どの部屋もドアが閉まっている。

ドアが閉まっているのだから、ヨベルがどこかの部屋に入り込んでいる筈はない。そう考えるより先に、ドアが閉まっていること自体に、私は奇妙なショックを受けた。ここにある三つの部屋は、いつもこんなふうにドアがぴったり閉まっていたのだろうか。

天気が良ければ、私はたいてい洗濯をする。午後、乾いた洗濯物を取り込んで畳むと、それぞれの部屋に持っていく。だからほとんど毎日、三つの部屋を訪れているのに、ドアのことが思い出せない。私はいつも閉まっているドアを開け、それぞれの部屋に入ったのか、半開きになっているドアから、それこそヨベルみたいに、するりと中に滑り込んでいたのか。

私はまず私たちの寝室に入ってみた。ヨベルが入ったあとで、風か何かでドアが閉まった可能性だってある、と考えたのだ。でも、ヨベルはいなかった。きちんとベッドカバーが引き上げられた私のベッド、それよりは少し乱れている延彦のベッド。

それから同じ理由で、子供たちの部屋にも行ったが、ドアを開けるときは、ためらいがあった。おかしなことだ。いつでも何の気なしに入って、洗濯物をぽんとベッドの上に置き、ドアを閉めるか閉めないかさえ気にせずに出てくるのに。

洋服や雑誌が散らかり放題で足の踏み場もない、少女向け化粧品か香水か、フルーツガムのような甘ったるい匂いがする留加の部屋――ヨベルはいない。逆に、あまりにも余計なものがなく、きっちり整頓《せいとん》されているせいで、刑務所の房のように見える紬の部屋――ヨベルはいない。がっかりして紬の部屋を出ようとしたとき、勉強机の上にノートが一冊置いてあるのに気がついた。

何の変哲もない、私も学生時代によく使っていたような大学ノート。だが、今どきの子供の持ち物としては、違和感がある。それに、ほかには電気スタンドがあるだけの机の真ん中に、ノートが一冊置いてあるのは奇妙で、何かことさらな感じがする。そうっと近寄ってみると表紙には何も書かれていない。これは新品のノートなのだろうか。だとしたらめくってみても構わないだろう。

私はその誘惑に捉《とら》えられるが、一方で、これは罠《わな》だ、と囁《ささや》く声がある。罠。私はその声に向かって、心の中で眉《まゆ》を寄せた。紬が私に罠を仕掛けたとでも？　というよりむしろ、今日という日全体が、罠、ある仕掛けであるような気分が襲ってくる。仕掛けは、ヨベルがドアをすり抜けて出ていってしまったときから動きはじめたのかもしれない。あるいはもっと前、私が朝目覚めたときから。あるいはもっともっと前、昨日、雪が降りはじめたときから。

私は急いで紬の部屋を出た。

階下に戻ってくると、私はまた庭を見に行った。眺め渡したところで、ヨベルはいない。営業マンが困ったような顔で微笑んでみせた。


二時を過ぎて、私はアイリッシュ・シチューを作りはじめた。とにかく、何かをしていなければ、どうしようもなかったからだ。肉を塩で締めるには、まだ数時間が必要だったが、もう締めるのはあきらめて、塩を洗い流して、切りはじめた。

玉ねぎとじゃがいもも、肉と同じ、三センチ角くらいに切り揃える。大きな寸胴鍋《ずんどうなべ》に、塩胡椒《しおこしょう》した豚肉を敷き詰め、その上に玉ねぎ、その上にじゃがいもを重ねて、水を張り、月桂樹の葉を二枚。あとはとろ火で二時間も煮込めば、アイリッシュ・シチューはできあがる。

鍋を火にかけてしまうと、それでもうすることはなくなってしまい、私は再び、長靴を履いて外に出た。ヨベル。ヨベル。今度は最初から猫の名前を、今まででいちばん大きな声で呼びながら歩いた。

営業マンがじっとこちらを見ていることには行きがけから気がついていた。何の成果も得られずに戻ってきたとき、青年は私の帰路を阻むようにはっきりと体を傾けて、

「坊ちゃんですか？」

と聞いた。

「いいえ……猫なの」

「猫」

青年は曖昧《あいまい》な表情になった。自分の誤解がおかしくもあるが、笑っていい状況だとも思えないのだろう。次に何を言えばいいのか苦慮している様子をみかねて、

「仔猫の頃、誰が呼んでもすぐに飛んできたから、ヨベルって名前を付けたのよ。今は呼んでも知らんぷりだから、いやになっちゃう」

と私は言った。ああ、と青年はいっそう覚束《おぼつか》ない表情になる。私もばつが悪くなり、

「売れそう？」

と、聞けないと思っていたことを聞いてしまった。

「え？」

「その家……あなたが売ろうとしている家。調子はどう？」

ああ、と青年は頷《うなず》いてから、

「全然」

と笑う。見ればわかるだろう、とその顔が言っている。それはそうだ。朝から、足を止める人どころか、そもそも私のほかに辺りを歩く人さえいなかったのだから。

「じっと座ってるのはたいへんね」

「きついっす」

「少しさぼったら？　お茶を淹《い》れてあげるわ」

どうしてそんなことを言ってしまったのかわからない。「きついっす」という青年の答えかたが、瞬間、会社や仕事を裏切って私に与《くみ》したように聞こえたせいかもしれない。いずれにしても数分後、私は彼と一緒に自分の家のリビングにいた。

「この家、なんか異常にあったかいなあ」

青年は滑稽《こっけい》なほどの勢いで親密な口調になりながら、サッカーの監督が着ているような分厚い紺色のコートを脱いで、ソファーに掛けた。

「鍋をかけているからよ」

私は台所へ行って薬缶《やかん》を火にかけた。ついでに鍋の蓋《ふた》をとり、シチューの様子を見る。

「いい匂いだね」

青年はいつの間にかすぐうしろに来ていた。腕が伸びてきて、私の腰に巻きつき、首筋に冷たい唇が押し当てられた。あったかあい、という形にその唇は動く。

私たちはその場所で、立ったまま性交した。私は薬缶の火を止めたが、シチューの火はそのままでも大丈夫だろう、と頭の片隅で考えた。家を出るわけじゃないのだから。

「すっげえな」

青年は息を整えながら身仕舞いし、嘆息した。

「こういうことって、ほんとに起きるんだな。話に聞いたことはあったけど」

まったくその通りだと私は思ったが、黙っていた。終わったのだから、早くいなくなってほしかったのだ。青年は私の心の中に気づいたのか、少し警戒する様子になって、

「合意だよね」

と確認した。大人同士の、ひみつと思っていいんだよね。私が頷くと、やっと家から出ていった。

私は玄関に鍵をかけ、熱いシャワーを浴びた。下着も、セーターもスカートも、取り換えて出てくると、青年はもう、向かいの宅地のもとの場所に、何事もなかったよ

うに座っていた。こちらを窺《うかが》う気配もないので、とりあえずほっとする。ああ見えて、物事がわかっている子なのだろう。すくなくともある物事については。

足元でカリカリというガラスをひっかく音がして、急いで窓を開けると、ヨベルがむっつりと座っていた。


アイリッシュ・シチューは、ごはんよりもパンに合う。

だから宅配には、フランスパンも頼んでおいた。

でも、子供たちは、ごはんと食べるのも好きなのだ。洋皿にごはんをよそい、シチューをたっぷりかけてぱくついているのを見ると、大人もときどきがまんできなくなるから、ごはんもいつも通り炊いておこう。パン先に食べる？　ごはんにする？　あんまりパン食べちゃうと、ごはんが入らなくなるから。悩む声を聞くのはいつものことだ。サラダはベビーリーフに、炒めた茸《きのこ》をドレッシング代わりにのせる。ホタテと葱をカレー味でソテーしたものを前菜として。醬油《しょうゆ》味《あじ》のものもきっと誰かが食べたくなるから、きんぴらごぼうも作っておこう。

「やっぱーい、いい匂いー」

午後五時、部活を終えて帰ってきた留加が大きな声を上げる。さっき紬も、まるで同じこと叫んでたわよ、やっぱーいって。私は娘に教える。もうできてるの？　味見味見。スプーンで一口、食べさせてやると、やばいやばいやばい、と飛び跳ねながら二階に上がっていく。

七時過ぎに、延彦も帰ってきた。ドアを開けるなり「ヨベルは？」と聞く。ええ、あれからすぐ帰ってきたわ。ほら見ろ、まったく心配性なんだからな。おとうさん早く、腹へって死にそうだよ。唸《うな》っているのは紬だ。おう、今日はシチューか、早く帰ってきてよかったなあ。

私は、とろ火で温めかえしていたシチューの火を止めた。

そして、申し分なく美味しくできあがったその料理を、家族が待つテーブルに運んだ。

大人のカツサンド

直人《なおと》叔父さんが、聖子叔母さんを乗せてやってきた。赤いチェロキーがマンションの前に停《と》まり、ぴったりしたジーパンとタンクトップという姿の叔母さんがまず降りて、そのあとチェックのシャツをズボンの上に出した叔父さんが、ぼんやりした動作で車から出てくるのを、真夕《まゆ》はキッチンの窓から眺めていた。道路からエントランスまでの三メートルもない距離を、叔母さんはわざわざ日傘をさして歩く。

真夕のママは、アイスコーヒーを用意して待っていた。ママ自身はコーヒーが苦手で、夏はいつもアイスティーしか飲まないのに、聖子叔母さんが好きだからというので、昨日スーパーで買ってきたのだ。でも、ママが冷蔵庫から紙パックを取り出すと、聖子叔母さんは、「パック入りかあ」と顔をしかめて、「ビール飲もうよ」と言い出した。

「ビールでも飲まなきゃやってられないわよ。ね？」

ママはおとなしく同意してビールを出した。コーヒーの紙パックを冷蔵庫に戻そうとしたとき、「あ、僕、コーヒーをいただきます」と直人叔父さんが言った。

「ああそうね、車ですもの」

ママは食器棚からコップを取り出す。

「真夕ちゃんも飲んでみる？」

飲む、と真夕は答えた。車で来ていなくたって、直人叔父さんがビールを飲めないことは知っている。聖子叔母さんと違って、お酒はまるで受けつけない体質なのだ。

直人叔父さんは、聖子叔母さんからいちばん遠い椅子《いす》に座って、アイスコーヒーを飲んだ。その向かい側で、真夕も小さなグラスに注《つ》いでもらったのをちびちび飲む。甘くておいしい、と思った。直人叔父さんの顔を窺《うかが》うと、叔父さんも気がついて、にこっと笑う。叔父さんは痩《や》せていてまっすぐな長めの髪を茶色く染めていて、その髪の毛は汗ばんでいるのか、額の上で幾筋かの束になっている。

今日、真夕は叔父さんと出かけることになっている。その間、ママは聖子叔母さんに、パパとのことを相談するのだ。

「真夕ちゃん、ちょっとリボンが、へん……」

出発しようとしたとき、ママは真夕を奥の部屋に呼び寄せた。

リボンが、と言ったくせに、ポニーテールに結んだ真夕の髪には触りもせずに、

「直人叔父さんに、いろんなこと、喋《しゃべ》っちゃだめよ」

と囁《ささや》く。

「いろんなことって？」

「おうちのこと。パパが、ずっと帰ってこないこととか」

そんなの直人叔父さんはとっくに知ってるに決まってる、と思ったけれど、「わかった」と真夕はとりあえず頷《うなず》いた。

「あー真夕ちゃん、これ持ってけば？　どうせもうここでは飲まないから」

キッチンを通って、直人叔父さんが待っている玄関へ向かおうとしたとき、すでに二缶目のビールを飲んでいる聖子叔母さんが、放り投げるようにアイスコーヒーの紙パックをよこした。

チェロキーの中は、フルーツガムみたいな匂いがむっとたちこめていた。

「すごい匂いだろ、ごめん」

と、直人叔父さんはまず謝る。

「聖子さんの香水が最近すごくてさ。真夕ちゃん気持ち悪くなるかもって思って、車

用の芳香剤みたいなの置いたら、合わさってよけいめちゃくちゃになった」

叔父さんは叔母さんのことを「聖子さん」と呼ぶ。人の名前というより高尾山《たかおさん》とか御岳山《みたけさん》とか、山の名前を呼ぶみたいな感じに聞こえる。聖子叔母さんはママの妹でママより八つ下の二十九歳で、直人叔父さんはそれより四つ下の二十五歳、だから真夕よりはちょうど十五歳年上になる。

「聖子さんと一緒に飯食ってると、香水の味になっちゃって、石鹸《せっけん》食ってるみたいなんだよね」

真夕は笑った。叔父さんも笑ってから、

「エアコンつける前に、ちょっと窓開けようか？」

と聞く。

「うん」

「OK」

叔父さんはギアの横のスイッチで両側の窓を半分ほど開けてから、車を出した。オーブンの中みたいな車内に、生温《なまぬる》い風がふらふらと流れ込んでくる。

しばらく走ってから、叔父さんは、「あちーっ」と叫んだ。

「もう窓、閉めていいかな？」

「うん」

「大丈夫？　気持ち悪くなってない？」

「大丈夫」

実際は、暑いのも忘れて、助手席の乗り心地を満喫していたのだ。直人叔父さんのチェロキーに乗せてもらったことは今までに何度かあるけれど、いつもは聖子叔母さんが一緒で彼女が助手席に乗るから、真夕は後部シートにしか座ったことがなかった。

「あ、逃げ水」

真夕は行く手を指さした。

「へえ、よく知ってるね、逃げ水なんて」

「パパから教えてもらった」

「あ、そうか。そうだね」

叔父さんがそれきり口を噤《つぐ》んだので、パパとママがもう仲直りできなさそうなこと、今頃ママと聖子叔母さんは、ママがもう離婚したほうがいいかどうかを話し合っていることを、叔父さんがやっぱりちゃんと知っているのが、わかってしまった。

真夕は逃げ水を数えた。陽炎《かげろう》で揺らめくアスファルトの上で、黒い水は生まれては消えていく。

「しかし、あっちーな」

叔父さんは今度は叫ばず、エアコンを強くしながら、冷静に意見を述べる、という感じで言った。たしかに今日はものすごい暑さだ。エアコンをきんきんにかけている車の中でこうなのだから、外はとんでもないことになっているだろう。

こんなに暑い日に、二人が向かっているのは、遊園地なのだった。真夕が行きたがったわけでも、直人叔父さんが言い出したわけでもない。「じゃあ、遊園地でも行ってきたら？」という聖子叔母さんの一言でそう決まっていた。聖子叔母さんはべつにいばったり身勝手にふるまったりするわけではないのだが（すくなくとも本人は、そんなつもりはない、と言うだろう）、母方の一族の中（直人叔父さんも含めて）では、唯一ものごとをはっきり言うタイプなのだった。

チェロキーは、叔父さんと聖子叔母さんが暮らしているマンションのすぐそばを通りすぎ、丘を登っていった。観覧車と、ジェットコースターのレールが見えてくる。あんなにくねくねしたレールは、前に家族で行ったときにはなかったから、最近できたという「ミラクルF1スライダー」だろう。

ところが、駐車場のゲートの前で、直人叔父さんはふいに車を停めた。立て札があって、「本日、ミラクルF1スライダーは、点検のため運休中です」と書いてある。

「ミラクルF1、動いてないって」

十中八九ミラクルF1が何のことかも知らないに違いないのに、叔父さんはさも困ったようにそう言った。

「いいかな？　ミラクルが動いてなくても」

「うーん」

真夕はいちおう考えるふりをした。

「ミラクルに乗れないなら、つまんないかも。ほかのはもう全部乗ったことあるし」

「そっか。どうする？　やめる？」

叔父さんは嬉しそうだ。

「うん、今日はやめる。あっついし」

「そうだよな。あっついしな」

叔父さんがそう言ったので、真夕も嬉しくなった。

「とにかく今日は、あっついんだよ。あつすぎだよ」

遊園地からまっすぐ叔父さんと叔母さんのマンションに来た。真夕をテレビの前のクッションに座らせて、麦茶のコップを持ってくると、叔父さんはすぐに叔母さんの携帯にかけた。

「ああ……うん。うんうん。大丈夫だよ。ビデオもあるし。え？　ケーキ？　ああそう、うん、わかった……」

電話はなかなか終わらない。電話機はＦＡＸ兼用になったやつで、テレビの横に置いてあり、叔父さんは立ったまま、チノパンのポケットに左手を突っ込んで、ぐるん、ぐるんと体を左右に揺らしながら喋っている。ときおりちらっと真夕のほうを見るけれど、それはなんだか、モノがちゃんとそこに置いてあることをたしかめるみたいな視線だ。真夕はちょっと気分を害して、モノっぽくしらんふりをしていた。

聖子叔母さんが、直人叔父さんをはじめて真夕のうちに連れて来たのは、去年の春だった。真夕が覚えているかぎり、叔母さんが男の人を連れてきたのはそれまでに二回あった。一度目はおじさん、二度目はほとんどおじいさんに見える人。ママが叔母さんからの電話を切って、次の日曜日に叔母さんが連れてくる人が、「二十四歳だって」と言ったとき、「なんでもありだな、聖子ちゃんは」とパパが言った。

直人叔父さんはその日、紺色のスーツにネクタイを締めてやってきた。「これ借り物なのよ、ジーパンでいいって言ったのにそういうわけにはいかないって、友だちから借りてんの、ズボンなんかだぶだぶなのよ」と聖子叔母さんが酔っぱらったみたいな——そのときはまだ飲んでいなかったのに——陽気な声で言った。

みんなで夕ごはんを食べた。パパが注いだビールを、そのときは直人叔父さんも飲んでいた。「彼がアルコールを体に入れたのはあのときが最初で最後よ。あのあと、二日酔いどころか三日酔いになっちゃってたいへんだったんだから」と、聖子叔母さんが言ったのは、あとの日のことだ。

「あれは、もたないな」パパはそう言っていた。聖子叔母さんと直人叔父さんが来た日の次の日、家族だけの夕ごはんのテーブルで。「今までの最短で別れるよ」パパはあまりに家にいないせいで、真夕にはまだそういうことの意味が全然わからないと思っているから、平気で言うのだ。ママは幾分真夕のほうを気にしながら、でもくすくす笑って「そんな感じね」と答えていた。あの頃、パパとママの仲は万全ではなかったにしても、そんなにひどくもなかった。最悪になったのは、冬の旅行のあとからだった。

「あっちの用事が終わったら、こっちに電話くれるってさ」

直人叔父さんは、ようやく電話を切るとそう報告しながら、キッチンのほうへ消え、アイスコーヒーのパックと氷を入れたコップと、牛乳をお盆に載せて戻ってきた。

「麦茶はやめて、アイスコーヒーを飲もうぜ」

真夕は嬉しくなって、

「飲む飲むっ」

と答えた。

「飲む飲むっ」と叔父さんは真似しながら、科学の実験をするような手つきで、二つのグラスの半分までコーヒーを注いだ。それから、いっそう慎重な動作で、コーヒーの上に、牛乳をそっと垂らした。牛乳がコーヒーの中に煙みたいに溶けていくのを、満足そうに眺めてから、

「君もやる？」

と真夕に聞く。もちろん真夕は「やる」と答えた。

ミルク入りアイスコーヒーは、さっき家で飲んだときよりずっとおいしかった。

「旨《うま》いだろ？」

真夕の気持ちがわかったように、叔父さんはニッコリする。

「パック入りアイスコーヒーに関しては、俺、プロなんだ。ちなみにこのメーカーのは、パック入りの中ではいちばん旨い」

得意げにそう言ってから、

「アイスコーヒーにためらわずにミルクを入れられるようになったら、それは大人になったってことだ」

とも言った。一人で「ひひ」と笑う。

「これ飲んだら、ビデオ観ようか。たっくさんあるから」

「叔父さんの？」

「そう。段ボール三つぶん、持ってきたの。お婿《むこ》に来るときに」

真夕は笑ったけれど、叔父さんと叔母さんが「籍は入れてない」ことも知っていた。

「君は、どんなのが好き？」

真夕が座っているクッションとは低いテーブルを隔てて、本棚にもたれて足を投げ出して、直人叔父さんは言う。

「うーん……」

と真夕はまた考えるふりをした。べつに、叔父さんが聞くことをどうでもいいと思っているわけではなくて、叔父さんが真夕に考えてほしがっているのがわかるから、そうするのだった。そのことも真夕は自分でわかっていた。今日のあたしは二人いるみたい、と思う。

「動物が出てくるやつ」

やっぱり叔父さんが答えてほしそうなことを答えてしまう。が、叔父さんは、

「動物、かあ……」

とちょっと表情をくもらせた。

「べつに動物じゃなくてもいいけど」

「ああ、大丈夫、探してみるよ。真夕ちゃん、動物好きなんだ？」

「君」と呼ばれていたのが、いつもの「真夕ちゃん」に戻ってしまったことにまぎれもない敗北感を感じながら、でもそんなことは表情には出さずに、

「うん、大好き」

と真夕は答える。

「なんか動物飼ってるっけ？」

「ううん」

「ああ、マンションだもんね」

「でも前はリスを飼ってた」

「へえー、リス。小さい頃？」

「去年の冬までいた」

「そっか。ふーん」

叔父さんはまた用心深く黙ってしまった。真夕が泣き出したりするのを警戒しているのかもしれない。もちろん真夕は、死んだリスのコロンのことでもう泣いたりはしないけれど、でも、それ以上話すつもりもなかった。

「パパのこと、喋っちゃだめよ」とママは出がけに言ったけれど、コロンのことは、それ以上に「喋っちゃだめ」だと真夕は決めているのだった。

奥の部屋へビデオを取りにいった叔父さんは、なかなか戻ってこなかった。

真夕は部屋を見渡してみる。

ここはもともと叔母さんの部屋だった。小さな頃から、この部屋に来たことは、何回もある。でも、叔母さんが叔父さんと暮らすようになってからは今日がはじめてだ。

ぱっと見ただけでは、部屋の中は以前とそんなに変わっていない。叔父さんは、パソコンを使ってインターネットで仕事をしている（何回聞いてもよくわからないわ、とママは言う。聖子叔母さんさえよくわかっていないらしい）が、そのパソコンとか仕事の道具とかは、奥の部屋にあるのだろう。

でも、よく見ると、間違い探しの二枚の絵みたいに、以前と違うところがちゃんとある。ビデオデッキが新しくなっているし、鴨居《かもい》に取りつけたコート掛けのフックの数も増えている。フックには、聖子叔母さんの衣装（叔母さんは夜、レストランやバーで、歌を歌っている）が、クリーニングの袋を被《かぶ》せたまま、暑い国の木の実みたいにたくさん吊り下がっているが、この部屋の入口の横にかかっている青いシャツは、叔父さんのだ。

それに、どの部屋にもあいかわらず叔母さんの香水の匂いが漂っているけれど、今日はその中に、微《かす》かにべつの匂いも混じっている。雨が降ったあとの道路みたいな匂い。

叔母さんは、ずっと一人で住んでいた。恋人は何人もいたけれど、一緒に住むことになったのは直人叔父さんだけだ。叔父さんが来てから、何となく、叔母さんの家は遠い感じに――実際は歩いても行ける距離であるにもかかわらず――なったけれど、以前はパパとママと三人でよく遊びに来ていた。

大人たちはブラックジャックというトランプをするのが好きで、それをするときは、なぜか叔母さんの家に行くことになっていた。何年か前に真夕も教わってゲームに加われるようになったから、叔母さんの家へ行くのは楽しかった。それに叔母さんは、とても料理が上手なのだ。今まで食べたことがないような変わった料理も、家でよく食べるふつうの料理も、叔母さんが作ると（ママには悪いけど）だんぜんおいしい。

中でも印象に残っているのは、カツサンドだ。前の晩のトンカツが残っていると、ママもときどきカツサンドを作ってくれるが、聖子叔母さんのは、揚げたてのカツサンドだった。そんなのを食べたのははじめてだったし、カツサンドには、子供のカツサンドと、大人のカツサンドがあることも、あのとき知った。

「動物のはやっぱりないみたいだなあ」

ようやく戻ってきた叔父さんは、大きな段ボール箱を抱えていた。

「スター・ウォーズとかはきらい？　E.T.もあるけど。グレムリンもあったはずなんだけど、見つからないんだよなあ」

「スター・ウォーズもE.T.もグレムリンも観た」

正直言えば、真夕はべつにビデオなんか観なくてもよかった。さっきみたいにアイスコーヒーを飲みながら、ずっとお喋りしてたっていいのに。

「手強《てごわ》いな、君は」

でも、また「君」に戻ったので、少し機嫌が良くなった。段ボール箱の中を覗《のぞ》き込む。市販のビデオと、録画したビデオとがごちゃごちゃ混ざって、五十本くらい入っている。じつを言えばそれほど映画通というわけではないから、知っているタイトルはほとんどない。「ランボー」や「ターミネーター」はテレビで観たことがあるけれど、もう一回観たい気はしない。

「あ、トップガン」

「トップガン、知ってるの?」

「うん。これ好き」

「もう一回観てみる?」

「うん」

「よっしゃあ」

叔父さんの声が弾んだので、「トップガン」が好きでよかったと、真夕は心から思った。

「トップガン」はなんといっても、ジェット機が飛び立つはじまりのシーンがカッコいい。トム・クルーズのライヴァルのアイスマン役のヴァル・キルマーもカッコいい(ちなみにトム・クルーズは真夕の好みでは全然ない)。

でも、映画の後半、トム・クルーズの相棒が事故で死んでしまったあとは、話がぐずぐずしてきて、あまり面白くなくなる。じつのところ、これまでテレビで観た二回とも、後半になると飽きてきてちゃんと観ていないので、よく覚えていなかったりするのだが、今日こそ終わりまでしっかり観よう、と真夕は決めた。

――でも、実際には、それよりもずっと早く映画から気持ちが離れる結果になった。トム・クルーズとトップガン（ジェット機の学校みたいなところ）の女教官が裸で抱きあうシーンになったら、直人叔父さんがそわそわしはじめて、挙句《あげく》部屋から出ていってしまったからだ。

直人叔父さんはずいぶん恥ずかしがり屋だな、と真夕は思う。

もちろん真夕は、大人はたいていこういう場面を恥ずかしがるものだ、とわかっている。真夕が平気で観ていられるのは、何も知らない子供だからじゃなくて、恥ずかしがり屋ではないからだ。真夕は、トム・クルーズと女教官が何をしているのか、もうちゃんとわかっている。

この春、友だちの家に泊まりに行ったときに、その子のお姉さんからいろんなことを教わったのだ。ああそうか、とそのとき思った。トップガンでトム・クルーズと女教官が抱きあっていることの本当の意味がわかったほかにも、パズルがぴたっとはまるみたいに、ああそうか、と合点がいったことがいくつかあった。

たとえば、パパが夜帰ってこないことの本当の意味や、ママがおばあちゃんに電話をかけて、パパはどう見ても健康そのものなのに「あの人は病気なのよ」と言っていたこと。そうして、そういうことが、それまでとはまるで違う感触で自分の中にあためて納まったあと、(小二のときの芋掘り大会のイメージで言うと)小さな芋のつるをたぐるとごろっと出てくる大きな芋みたいに、去年の冬の記憶が浮かんできた。ママとおばあちゃんの家に行った冬。冬休みだったが、旅行は急に決まって、真夕はわけもわからず連れていかれた。パパは来なかった。ママはごはんを作るのも自分や真夕の服を洗濯するのもおばあちゃんにまかせて、昼間からぐずぐず寝てばかりいた。夜になると、真夕が座敷でテレビを観ている間、台所でおばあちゃんとひそひそといつまでも話していた。

ある日、ママが昼寝しているときに、真夕は何となく家に電話をかけてみた。パパは仕事に行っているから誰も出ないのはわかっていたが、退屈だったので、呼び出し音を数えていた。

そうしたら、十五回鳴ったところで、電話が繋《つな》がった。「はい」と女の人の声が応答した。「もしもし」と真夕が言うと、はっと息を呑《の》んだみたいな気配があって、電話はすぐに切れてしまった。すぐにもう一度かけ直すと、今度は三十回鳴らしても誰も出なかった。

家の電話番号を押す指がひとつずれて、どこか知らない家にかかってしまったのだろう、と真夕は思うことにした。「はい」と出た女の人の声が、聖子叔母さんに似ていたことも、ただの偶然なのだろう。だから電話のことは、ママにもおばあちゃんにも言わなかった。もちろん聖子叔母さんにも、パパにも。

でも、家に帰ってきて、旅行中にコロンが死んでしまったことをパパから知らされたとき、どうしてだかいちばん最初に浮かんできたのはその電話のことだった。コロンはもう年寄りだったから、冬眠しようとして失敗したんだと思う、とパパは説明した。

やっぱりいつも通りに映画の後半で飽きてしまい、奥の部屋を覗きに行くと、叔父さんはアイロンをかけていた。

「あ、もう終わったの？」

なんて、とぼけたことを言う。四十分でビデオが終わるわけないじゃん、と思ったけれど、真夕はいちおう「うん」と答える。

「ちょっと待ってね、これだけかけちゃうから」

「いいよ」

まるでクリーニング屋さんみたいに、脚付きの大きなアイロン台を使ってすいすいとかけている直人叔父さんを、真夕はしげしげと眺めた。男の人がアイロンをかけているところなんて（クリーニング屋さん以外は）はじめて見る。アイロン台の傍《かたわ》らのカゴの中には、アイロンかけを待っている洗濯物が山になっている。

「めずらしい？」

叔父さんは、シャツのボタンとボタンの間で、小刻みにアイロンを動かしながら聞く。

「パパはアイロンかけないもん」

「ふつうはそうだね」

叔父さんはちょっと笑う。絶え間なく手を動かしているせいで、息が少し弾んでいる。

「うちは、聖子さんがかけてくれないからさ。あの人、料理だけだから。仕方なく自分でやりはじめたら、うまくなっちゃった。自分で言うのもなんだけど、プロ並みだよ、プロ並み」

「あ、でもパパも、よそではアイロンかけてるのかも」

真夕の言葉に、叔父さんははじめてアイロンを持った手を止めて、顔を上げた。

「何だぁ？　よそって」

笑顔を作って聞く。

「ママが前よく言ってたもん。パパはよそではぜ、ん、ぜ、ん、違うんだから、って」

「ああ、そういうことか。それは、そうだ。みんなそういうもんだよね」

ははは、と叔父さんは笑う。

叔父さんはカゴから次の洗濯物を出した。聖子叔母さんのブラウスだ。シースルーの生地に黒と金色でバラの刺繍《ししゅう》が入ったそのブラウスを、アイロン台に着せるみたいにして広げると、叔父さんはアイロンの目盛りを調節してから、慎重に服の上に滑らせていく。

「旭山公園って知ってる？」

真夕はいきなり言った。

「知ってるよ、真夕ちゃんちのほうの大きい公園だろ」

「あそこにねえ、リスのお墓を作ったんだよ」

「へえ」

「あとから見てもすぐわかるように、きれいな石を置いたんだ。ときどき、お花をあげるんだよ」

「ふーん」

叔父さんは再びアイロンの手を止めて、ちょっと真夕の様子を窺ってから、

「散歩に行く？」

と聞いた。

「うん。行ってもいいよ」

真夕は答えた。

表はあいかわらず暑かったが、公園の木立の中は、いくぶんひんやりしていた。公園といっても小さな森のような場所で、木のほかには古いベンチしかない。砂利を敷いた遊歩道のところどころに置いてあるそのベンチの、入口から数えて四つ目、その横の大きな桜の樹の、もうひとつうしろの木の根元に、コロンのお墓はあるのだった。

この前来たのは暑くなる前だった。最初に置いた「きれいな石」はとっくにどれだかわからなくなってしまっていて、来るたびに新しい「きれいな石」を置くのだったが、それでもコロンをここに埋めたことは、一生忘れないだろう、と真夕は思う。

「ここだよ」

と直人叔父さんに教えて、来る途中に摘んできた夕顔の花を供えた。叔父さんも同

じようにして、花を置いてくれた。

「コロンは冬眠に失敗したんだよ」

真夕は言った。

「ふうん。人に飼われてるうちに、やり方を忘れちゃったのかな」

さっきコロンの話をしたときよりは、叔父さんはびくびくしていない。真夕がもう泣かないことがわかったからだろう。

頭の上で蟬《せみ》が鳴き出した。

「人に飼われてるリスは、ふつうは冬眠しないんだよ」

真夕は続ける。そのことは、同じクラスの男の子が教えてくれた。その子はすごく知ったかぶりで、ときどき嘘《うそ》を吐《つ》いたりもするけれど、この話は本当だろうと思っている。

「コロンが冬眠しようとしたのは、きっとすごく寒かったからじゃないかな。いつも玄関の横にカゴを置いてて、夏はそこがいちばん涼しいんだけど、冬はいちばん寒いの。だから夜になったら、お部屋の中に入れなきゃいけなかったの」

ぜったいに喋っちゃだめ、と自分で決めていたことを、真夕は今喋っているのだった。そうして、コロンが死んだ去年の冬から今まで、ずっと頭の中にもやもや煙みたいに漂っていたことを、はっきり言葉にするのもこれがはじめてだった。

「部屋に入れるの、忘れちゃったんだ？」

直人叔父さんがまた少し、腰が引けた感じになって聞き、

「そう」

と真夕は答えた。それから「たぶん」と付け加えたが、叔父さんはもう質問しようとはしなかった。

遊歩道をさらに歩いて、丘をぐるっと回って帰ることにした。ちょうど駐車場まで戻ってきたとき、叔父さんの携帯電話が鳴り出した。

「ああ、今、旭山公園。そう。え？」

応答の仕方で、聖子叔母さんからだとすぐにわかる。叔父さんは、真夕のほうをちらちらと気にしながら、小声になって「うん」「なるほど」「ＯＫ」などと短く喋った。

「パパが帰ってきたんだって」

電話を切ると、叔父さんは、ことさら明るい声で言った。

「パパとママが一緒にするご用があるらしいんだ。だから真夕ちゃんは、もうしばらく叔父さんちにいたほうがいいかもって」

パパは離婚しに帰ってきたのかな。それとも、離婚したくないから帰ってきたのだ

ろうか。「パパって人は口が立つから」ママが聖子叔母さんを応援に呼んだことを真夕は知っている。直人叔父さんもそう思っているだろう。でも、ママも直人叔父さんも、去年の冬、真夕のうちに聖子叔母さんがいたかもしれないことを知らない。叔母さんはもしかしたら、ママじゃなくパパの味方をするんじゃないかな。

真夕が黙っていたのは、そういうことを考えていたからだが、叔父さんは、真夕が家に帰りたがっていると思ったのだろう。慌てたように、

「ね、ホットプレートで、お好み焼きを作ろうか」

と言った。

「夕ごはん？」

「そう。やきそばとか、ウインナとか、いろいろ焼いてさ……」

「夕ごはんなら、あたしカツサンドが食べたいな」

「カツサンド？」

直人叔父さんはきょとんとした顔で真夕を見たが、すぐににこっと笑った。

「いいよ、もちろん。おいしいのを作ろう。俺だって結構料理が上手なんだぜ。昔、コックのバイトしてたから」

「玉ねぎを入れるんだよ」

「ん？」

「生の玉ねぎを薄く切って、カツと一緒にパンに挟むの。いっぱい」

「へえ、旨そうだな」

チェロキーのエンジンをかけながら、叔父さんは感心したように言う。聖子叔母さんのカツサンドを食べたことがまだないのだろう。

「大人はそうするんだよ」

アイスコーヒーに牛乳を入れたときの叔父さんの言い方を思い出して、真夕が言うと、叔父さんは声を上げて笑った。

「なるほど。君、大人なんだね」

あの日、真夕は言われるままに、おとなしく子供用のカツサンドを食べた。でも本当は、大人のカツサンドが食べてみたかったのだ。

チェロキーはスーパーマーケット目指して走り出した。大きいほうのスーパーへ行こうと真夕は叔父さんに言った。叔母さんのカツサンドに挟まっていた、赤い玉ねぎは、大きいスーパーでないと売ってないかもしれないから。

煮こごり

鵜飼《うかい》光一は、虎に嚙《か》み殺されていた。

そのことを晴子《てるこ》は、七時のニュースで知った。

その日は日曜日で、晴子はいつものように、光一の訪れを待っていた。光一との関係は三十一年に及ぶ。若い頃は都心で待ち合わせして、いろんなところへ出かけたが、この頃は晴子の家で過ごすのがもっぱらだった。正午には来ることになっていた。三十一年間、光一は約束を違《たが》えたことはない。何年か前にインフルエンザにかかって、四十度近い熱があったときでさえ、這《は》うようにしてやってきた（おかげで晴子もインフルエンザにかかってしまった）。だからその日、一時になっても二時になっても光一があらわれず、電話の一本もないというのは、事故か事件に巻き込まれたに違いない、と早々と確信し、ずっとニュースを観ていたのだった。

ニュースは短くて簡単で、現実味がなかった。今日、十月四日午後二時三十分頃、

G県T市にあるサファリランドで、男性が虎に襲われ、病院に運ばれましたが死亡しました。同ランドは、自家用車に乗ったまま野生の動物を観察できますが、見学中に車から降りることは禁じられており、死亡した男性がどうして「虎園」で車の外に出たのかはまだわかっていません。亡くなったのは、東京都武蔵野市《むさしのし》に住む、鵜飼光一さん、七十五歳です。

顔写真は出てこなかった。しかし鵜飼というめずらしい名字と年齢と、住所が一致しているのだから、彼に間違いないのに、光一を失ったという衝撃や悲しみはちっとも やって来なかった。あまりにもばかげている。まるでわけがわからない。私の家の呼び鈴を押し、「やあ、来たよ」と、いつもの、はにかんだ笑顔を浮かべている筈《はず》の時間に、はるかG県のサファリランドとやらにいて、虎に襲われていたなんて。

翌日の朝刊にも記事が出たが、ニュース以上のことはほとんど知り得なかった。ただ記事の最後に、「目撃者の証言によると、鵜飼さんは突然車から降りたらしい」と、付け足しみたいに書いてあった。夕刊にはもう続報はなかった。ニュースでも報じられない。数日経ってから、晴子は週刊誌を買い集めた。コンビニエンスストアに出かけていって、棚の端から端まで、ヌード満載の成人誌まで抱えてレジに持っていったので、店員にへんな顔をされた。

幾つかの雑誌に記事が載っていたが、やっぱり知りたいことは書かれていなかった。たいていは、サファリランドの安全管理の問題や、猛獣を放し飼いにして見物させる施設への意見、といったものが中心になっていて、鵜飼の死はなんだか付け足しみたいだった。彼が突然車を降りた理由は、いまだ説明されていない。それで、どの記事も、鵜飼は自殺を図《はか》ったということでまとめ上げようとしている。ある記事では、鵜飼が認知症であった可能性をほのめかしていて、晴子は思わず笑ってしまった。認知症ですって？　その記事を書いた記者に、事故の一週間前、最後に鵜飼と過ごしたときのことを、話してやりたい。鵜飼の博識と好奇心と巧みな話術は、三十一年間少しも衰えてはいない。そうして、ゆっくり愉しく食事をしたあとは、それこそ七十五歳という年齢などまったく感じさせない能力を、鵜飼はあの日だって存分に示したのだから——。

そうやって雑誌を読み漁《あさ》っている間、晴子は驚くほどしっかりしていた。読めば読むほど、鵜飼が死んだことは非現実的に思えたし、同時に——矛盾する感覚ではあるが——記事の中に鵜飼の名前を見ている間は、彼がそこにいるように感じられたからだ。

晴子は、四年前に定年退職してからは、自宅で小学生と中学生相手に、国語と英語を教えている。大きな予備校のようにシステマティックな教えかたはできないが、そこを気に入ってくれる人たちもいて、週に五日の個人授業を持っていた。家庭教師のように生徒の自宅に赴《おもむ》くのではなく、一人一人に割り当てた時間に、晴子の家まで来てもらって教えるのだが、雑誌を漁っている間も、授業を休むことはなかった。晴子先生の恋人は虎に嚙み殺されたなどということに、気がつく子はいなかった――そもそも、晴子先生に恋人がいることを知っている子も、その父兄も、いなかったと思えるけれど。

問題の記事を晴子が見つけたのは、最初の報道から二週間近く経った頃だった。ワイドショーを観てみたり雑誌を買ったりすることはまだ続けていたが、その頃にはもう鵜飼の事故はどの媒体からも消え果てていて、晴子はどうしていいかわからず、古い週刊誌の記事を読み返していた。

どうしてそれを見落としていたのだろう。鵜飼に関する、一様に小さな扱いの記事の中では、比較的長いものだったのに、読んだつもりでちゃんと読んでいなかった。あるいは、晴子の心が防衛本能のようなものを発揮して、その情報を受けとることを拒否したのか。

「事故が起こったとき、鵜飼さんは、キャバクラ嬢（21歳）と一緒だった」とその記事にはあった。もちろん晴子は驚いたが、本当に衝撃を受けたのはそのあとだった。

「鵜飼さんは東京都武蔵野市のアパートで一人暮らし。……」

この記事は間違っている。鵜飼にはちゃんと家族がいる。飲食店のプランニングコンサルタントをしていた鵜飼は、同じ仕事を息子が引き継いでからは、事務所をかねていた元の住居からほど近い場所に部屋を借り、妻と一緒に暮らしていた。妻が亡くなったとか、別れたとかいう話などもちろん聞いていない。だって鵜飼が妻と一緒にいるからこそ、妻を捨てられないからこそ、鵜飼とは週に一度しか会えなかったのだし、鵜飼が本当に死んだのかどうかたしかめたくても、彼の家に電話できなかったのだから。電話をしない、家を訪ねないというルールを、日曜日の鵜飼を確保する代償として、固く自分に課していたのだから。

この記事は間違っている。晴子は再度自分に言い聞かせた。それから、その日の生徒を迎える準備をした。中学二年の男の子で、大人びた生意気な物言いをするが、心根はそう悪い子ではないと、この頃ようやくわかってきた。今年四月に来はじめた頃は始終遅刻していたが、最近はちゃんと来るようにもなったので、時間を見計らってドアの鍵を開けておく。

こんちゃーす、と言いながら入ってきたその子が、ぎょっとした顔になった。晴子が玄関にぺたりと座っていたからだ。そうだわ、こんなところに座って待ってるなんておかしいわ。自分でもそう思ったのと同時に、息ができなくなった。吸っても吸っても、息が肺に入ってこない。笛みたいな音を喉《のど》から出して晴子は倒れた。

鵜飼は伊達男《だておとこ》だった。

格好いいとか、センスがいいとか言うよりも、伊達男、というのがいちばんぴったりくる。はじめて会ったときは真っ青なシャツを着ていた。三十一年前の夏。晴子は三十四歳で、市立中学校の英語教師で、いつもくたくたに疲れていた。

その日も、担任しているクラスの子が問題を起こして、深夜まで駆けずり回っていた。どうにか事態は収拾されたが、教頭と学年主任教師とに挟まれての居酒屋での数時間にさらにエネルギーを絞り取られて、終電に乗って運よく座れたとたん、ぐっすり眠り込んでしまった。終着駅で駅員に起こされ、仕方なくタクシーを待つ長い列に並び、あと一人で自分の番だというとき、所持金をたしかめておこうとして、財布がすり盗られていることに気がついた。そのとき、たまたまうしろに並んでいたのが鵜飼だった。晴子が悄然《しょうぜん》として順番を譲ろうとすると、鵜飼は素早く晴子の事情に気がついた。

家はどちらですか。ああ、三軒茶屋。それだったら僕、お送りしますよ。どうせ通り道ですから……。

疲れすぎていたからというより、鵜飼という男の磁力に、あの最初のときから自分はとらわれていたのだ、と晴子は思う。だから一緒に車に乗った。そうして、私たちははじまった。

あるいは鵜飼は、十五夜の月みたいな男だった。

十五夜の月、つまり旧暦の八月十五日にのぼる月は、満月とはかぎらない。昔のひとが、八月十五日を「中秋の名月」としたのは、満月よりも、満月に少し欠ける月のほうが美しいことを知っていたからだ。そんなふうなことを晴子に教えてくれたのも、ほかならぬ鵜飼だったが、よくわかる、と晴子は思ったものだった。

鵜飼ほど魅力にあふれた男を、晴子は知らない。しかしやっぱり、鵜飼にも微《かす》かな欠けがある。欠点などではない。針の先ほどの空白のようなもの。それが何なのかは謎《なぞ》だった。自分がこうまで鵜飼に焦《こ》がれるのはそのせいとも思えたし、あるいは焦がれるということは、相手の中にそのような空白を図らずも見つけてしまうということなのかもしれない、とも考えた。

そのことと、鵜飼に妻子があるということとは、何の関係もない。その事実を知ったのは、出会ってからひと月経たない頃だったが、晴子はすでに鵜飼に強く焦がれていたから、鵜飼を愛するのをやめることはできなかった。

鵜飼が妻と別れられない理由はふたつあって、ひとつは、鵜飼の仕事の顧客の多くが、妻の実家経由でやって来るという事情、もうひとつが、妻の精神的な不安定さだった。しかしそのふたつの理由がなくても、僕は彼女を捨てられないかもしれないな、と鵜飼は打ち明けた。僕はそういうだめな男なんだ。だめなくせにあんたをこんなに好きになってしまった。

鵜飼は料理が上手だった。晴子の家で会うときには、たいてい夕食を作ってくれたが、三十一年もの歳月の間には、季節ごとの料理や、馴染《なじ》みの料理も決まってきて、そんな中の一つが、煮穴子だった。

いい穴子が入ると、懇意にしている魚屋が、電話をかけてくるのだという。家族にどんなふうな説明をしていたのかは知らないが、日曜日、ときおりそれを下げて意気揚々とやってきて、見ている前で捌《さば》いてくれた。焼き穴子ならごまかしがきくけど、さっと煮て旨《うま》いのは、新しい穴子だけだからね。何度も聞かされた蘊蓄《うんちく》だ。ちょっとわさびを添えて、上等の日本酒とともに味わう。白いごはんにのせて食べることもしたいから、それぞれに一切れずつ残しておく。

明日になったら、旨い煮こごりが食えるぞ。

それも、何度となく鵜飼が呟いた言葉だった。言ってしまってから、いつでも気まずそうに黙り込み、晴子の手を撫《な》でた。「明日」という言葉に、毎回律義に自家中毒していたのだ。実際、明日まで一緒にいられないことをつらがっていたのは、晴子よりも鵜飼のほうではなかったか。

日曜日、待ち合わせした駅に、航《わたる》は晴子よりも先に来ていた。

いつも晴子の家に来るときは、学校の帰りだから、制服の紺のブレザー姿しか見たことがなかったが、今日はだぶだぶのジーパンにだぶだぶのスウェットパーカ、ひさしの付いた帽子という、いかにも今ふうの少年の格好をしている。そんな姿を見たら晴子の心はあらためて臆《おく》した。

「お母さまには、なんて言って出てきたの？」

「じゃーねって」

「それだけ？　だめよ、そんなの」

「ダイジョブ、ダイジョブ」

驚いたことに、航はすでに晴子のぶんの切符まで買ってくれていた。十四かそこらの少年に、あの日、鵜飼の自宅の場所まで告げてしまっていたのだ。

晴子が倒れたときに来ていた少年が、航だった。何時間も何日も、気を失っていた気がするのだが、実際には倒れてすぐ、晴子は意識を取り戻した。航が覗《のぞ》き込んでいた。心配というより驚愕《きょうがく》の表情をしていた。肩に少年の手があった。その手が存外に逞《たくま》しく思えたことを覚えている。そのせいかどうかはわからない。「大丈夫？」とおそるおそる訊《たず》ねられたとき、

「私の恋人が死んでしまったの」

という言葉が、晴子の口からこぼれ出たのだった。

「せんせー。はやくはやく。電車来てるよ」

急《せ》かされて階段を駆け降りる。休日の午前十時の下り電車は空《す》いていた。四人掛けのシートに並んで掛けると、航はパーカのポケットから小さな機械を取り出して、イヤホンを耳に付けた。音楽を聴こうというのだろう。

鵜飼という恋人がいたこと、その男が虎に嚙み殺されて死んだらしいこと、家族があったはずなのに、一人暮らしと報道されていたことなどを、すっかり航に話してしまったのは、航が熱心に質問を繰り出したからだ。たしかめに行くしかないじゃん、そんなら。知りたいことをすべて知ってしまうと、いとも当然という口調で航はそう

言った。自分が付き添っていくことを、そのときにはもう決めていたようだった。

そういう航と、今、隣でまるきり他人みたいな様子で音楽に没頭している航とは、なんら矛盾するものではないのだろう。屈託のない好意と、屈託のない冷淡さ。そのどちらをも平気であきらかにしてしまう。鵜飼の少年の頃もこんなふうだったのではないだろうかと、晴子はふと想像する。

二本目の電車に乗り換えると、しかし航は、イヤホンを外した。幾分、気遣わしげに晴子の顔を覗き見ながら、

「ほんとに一度も行ったことないの？　そいつの家」

と聞く。

「ないわ。一度も」

「なんで？」

「なんでって……必要なかったからよ」

「マジかよ？」

電車は、目的の駅に着いた。本当のことを言えば、ここまでは一度来たことがあった。一度だけ。四十歳の誕生日を迎えた二、三日あとだったのを覚えているから、二十数年前のことだ。

鵜飼との間に、何かが起きたというわけではなかった。鵜飼との日々は変わらず穏やかに続いていた。ただ、たぶん、変わらないということ、続くということに突然、立ちすくむような気分に襲われ、鵜飼の口からときおり出る町名を頼りに、ここまで来てみたのだった。

でも、ここまでだった。電車を降り駅を出たとたん、眼前に広がる見知らぬ町並みは、黒い海原と化して晴子の恐怖をいやがうえにも煽《あお》ったのだ。一歩踏み込めば、踏み込まずに守ってきたものすべてが波にさらわれてしまうと思った。その同じ場所に、今、来ている。

そのとき以上に、晴子の足は竦《すく》んだ。

「やっぱり帰りましょう」

「はあ？　何言ってんの？」

「だめよ。だって知ってるのはマンションの名前だけで、番地もわからないのよ。辿《たど》り着けっこないわ」

すると航はすたすたとキヨスクに向かって歩いていき、

「すいません、虎に嚙み殺された人の家ってわかりますか」

と大きな声で聞いた。

思う様じろじろ見られたが、キヨスクの女性は鵜飼の住まいまでの道を教えてくれた。

虎に殺されたっていえば有名人じゃん、誰に聞いたって知ってるよ、と航は得意げだった。虎に殺された有名人。私の元へ来なくなった鵜飼は、今はそんなものになっているのか。そのことを鵜飼に教えて、笑い合えないのが不思議な気がした。

やはりここは海原なのだ。足の下には黒い海水があり、どこまで沈めば海底に着くかもわからない。二十分ほど歩いて目的地に着いたとき、その思いはいっそう強くなった。コーポみなみ。それが鵜飼の住まいの名前であることは、教えられたのではなく、何かの弾みに彼の口から出たのを覚えていたのだった。しかし、だからこそしっかりと覚えていた。コーポみなみという記憶に間違いはない――だが、ほんとうにここなのか。

「ここかよ？」

晴子のかわりのように、素《す》っ頓狂《とんきょう》な声を航が上げた。コーポみなみは、葱畑《ねぎばたけ》と駐車場に挟まれた、ちっぽけな二階建てのアパートだった。ドアの数と建物の奥行きから察して、一世帯は六畳一間と、小さな台所がせいぜいだろう。周囲に建物がないせいで、誰かが投げ捨てた空箱みたいに、よけいにみすぼらしく見える。

「武蔵野市のアパートで一人暮らし」という記述を目にしたとき、「一人暮らし」という以外にも、おかしいと思うことはあった。駅からは少し遠いけど、感じのいいマンションなんだ、広さも二人暮らしにはじゅうぶんだしね。鵜飼は、そう言っていたのだ。マンションとアパートの言い分けなど曖昧《あいまい》なものなのだろうと、混乱した頭の片隅で、そのときはぼんやり考えていたのだけれど——。

「あ」

晴子は思わず声を上げた。建物横の鉄の階段を、航がカンカンと勢いよく上りはじめたからだ。慌ててあとを追う。

「なんて名前だっけ、その人？」

そう言って振り向いた航は、「鵜飼」という表札がついたドアの前に立っていた。その表札は、ドアに取りつけられた長方形の枠の中に、プラスチックのプレートを入れる仕組みになっている。細いマジック書きの柔らかな文字。紛れもない鵜飼の筆跡。

航はドアノブをがちゃがちゃと回した。

「やめなさい」

強い声が出た。航はびくっとして振り向き、「開かないよ。鍵かかってるもん」と、少しふてくされたように言う。

してはいけないことだから止めたのではなかった。ドアを開けてこのうえ何かを知らされるのがこわかったのだ。

「あれ。ここになんか書いてあるよ」

航が手にしたのは、ドアノブにぶら下がっていた札のようなものだった。立入禁止の警告だと決めてかかっていたが、「ほら」と見せられたそれには、携帯電話の番号とともに、思いも寄らぬことが記されていた。

鵜飼光一と交際していた方（女性）

ご連絡ください
「これ、先生のことじゃないの」

札は、ベルギー製のチョコレートの空箱を切り取って作られていた。どうしてそれがわかるのかといえば、それとわかるように、品名をしめす金文字の部分が使われていたからだ。鵜飼が度々、土産《みやげ》に持参したチョコレートだった。

携帯電話を使おうとする航を制して、晴子は駅前まで戻った。

ロータリーに面した公衆電話に入り、航にボックスから離れないよう言い置き、札に記されていた番号を押した。

航を連れ回している責任もある。書き置きの主がいったい誰で、どんな目的があるのか見当もつかないが、おかしなことになりそうだったら、すぐに電話を切り、電車に飛び乗って家に帰るつもりだった。警戒心を募《つの》らせている一方で、しかし、電話は鵜飼に繋《つな》がるのではないかという望みが、息苦しくなるほど込み上げてくる。生きている鵜飼に繋がり、そうして鵜飼は、あの穏やかな低い声で、やあごめんごめん、心配させたねと笑い、易々《やすやす》とすべてを説明してくれるのではないか。

「はい」

と応答した声は、しかし女性のものだった。咄嗟《とっさ》にどうしていいかわからず、晴子が黙っていると、

「鵜飼のことでかけてきた方ですか?」

と女は続けた。

晴子はなおも黙っていた。この女性は鵜飼の妻ではないのか、という思いが膨らんできた。鵜飼光一は一人暮らしだという雑誌の記事は、やはり間違いだったのではな

いか。あるいは、この事故そのものが、鵜飼の妻が、鵜飼の愛人をあぶり出すために仕組んだ罠《わな》みたいなものだったのではないか。

「もしもし？　お願いだから切らないで頂戴《ちょうだい》。あなた、鵜飼の恋人だったんじゃない？」

果たして女はそう言った。

「……ええ、そうです」

晴子は意を決して、そう答えた。罠でも何でも、もう一度鵜飼に会えるならかまわない。

「それで、あなたは……」

「私もそうだったのよ」

女は溜息とともに答えた。

「私も、鵜飼の恋人だったの」

それから数分後、晴子は再びホームにいた。三十分後に、K駅前のセントラルホテルで、電話の女——浦賀と名乗った——と待ち合わせをしたのだ。

女は何ひとつ説明しなかった。とにかく会ってお話ししましょう。その一点張り。鵜飼を餌《えさ》に、誰とも知れぬ者からおびき出されているようなものだったが、それでも、行くしかない、と晴子は思った。この黒い海から抜け出す方法はそれしかない。

ここまで来たんだから一緒に行くに決まってんだろと言い張る航に、抗《あらが》う気力はもとよりなくて、再び少年に先導される格好で電車に乗った。K駅はその路線のターミナル駅だった。十五分ほどの車中、航は今度はイヤホンを装着しようとしなかった。先程よりも乗客はさらに少なく、好きな場所に座れたのに、躾《しつけ》のいい孫みたいに晴子の横にちんまり座り、あきらかに晴子にかける言葉を探しながら、車窓の景色を眺めているふりをしている。

自分の四分の一にも満たない年齢の少年の、そんな気配を感じているうち、晴子はなぜか少しずつ落ち着いてきた。

「航くんって、ガールフレンドはいるの？」

話しかけると、航はほとんどぴょんと飛び上がるように向き直り、それでもはっきり、

「いるけど」

と答えた。

「どんな子？」

「けっこう可愛いよ」

「今日、デートだったんじゃないの」

「ダイジョブ。電話したから。——あ、先生の話はしてないよ。ちょっと知り合いに付き合わなきゃならなくなった、って言っただけだから」

「そんな説明じゃ、よけい心配しちゃうんじゃない」

「うん、まあ、そうかもね。ケータイ切りっぱなしだし」

「駅に着いたら、電話してあげなさい」

「いいよ。途中で電話すると、ややこしくなるからさ」

「先生のこと、なんでも話していいわよ」

「話さねーよ」

航は心外そうに鼻に皺《しわ》を寄せたが、ちょっと考えてから言い足した。

「話さないつもりだけど、もしかしたらあとになって、ちょびっと話しちゃうかも。そしたらごめん」

晴子は微笑んだ。三十一年、と考えた。黒い海原を歩いていたのは、この三十一年間ずっとだったのではないか。そのことに気づかないふりをしていた自分の弱さを思い、しかし歩き続けた強《したた》かさを思った。

セントラルホテルは、想像していたよりもずっと大きなシティホテルだった。ロビーに入っていくと、ソファーに座っていた女がさっと立ち上がった。電話では、深緑のジャケットを着ていると伝えただけで、少年と一緒だとも言わなかったのに、女はまっすぐに近づいてきて、

「電話をくださった方でしょう」

と言った。

「ええ。大木晴子といいます」

「その子はお孫さん？」

女はずけずけと聞いた。

「いいえ……」

「あなた、独身？」

「ええ」

「あたしもよ」

女は薄く笑った。年齢は、晴子と同じか、すこし若いくらいだろう。銀髪と栗色が混じったショートカットの小さな頭。長身。太っているというのではないが、もっちりとまるみのある体つき。髪の長さを除けば、晴子自身とよく似ている。

晴子は起こっていることがわかりかけてきた気がした。

「お昼ごはんまだでしょう？　よろしかったらご一緒しませんか。じつは、上のお店でもう一人待っているんです」

言われるままにエレベーターで最上階に上がり、「光春」という鮨屋《すしや》の看板を見たとき、

「あ」

と小さな声が洩《も》れた。

「鮨の光春。知ってるでしょう」

女がまた薄く笑う。光春は、鵜飼がプロデュースしたレストランだった。彼はそう言っていた。もっとも彼の話の中に度々出てきた光春は、岡山にあるはずだったが。

引き戸を開けると、カウンターの向こうから、らっしゃいという威勢のいい声が飛んだが、まだ正午になっていないせいか、店はがらんとしていた。奥のテーブルに座っていた女が立ち上がって会釈した。着物姿だが、彼女がいちばん若い。五十二、三というところか。やっぱり似ている。晴子は思う。ここに集まった三人の女は、顔立ちや雰囲気に、疑いようもなく共通点がある。

「見崎ちさとといいます」

「あたしは浦賀千万子《ちまこ》」

「大木晴子です」

名乗り合うと、航がしたり顔に、

「石田航です」

と頭を下げて、三人の女はくすくす笑った。自分が笑っているのが晴子は不思議だったが、でも、事実、愉しいといっていい気持ちになりはじめているのだった。

店の女性が注文を取りに来て、ランチメニューからそれぞれ選んだ。女性が立ち去るのを見計らって、

「火曜日の女です」

と浦賀千万子が言った。

「私は金曜日の女」

見崎ちさとが言い、

「私は日曜日でした」

と晴子も言った。三人は顔を見合わせて、また笑った。

浦賀千万子と見崎ちさとは、コーポみなみの前で、偶然会ったのだという。二人はたっぷり話し合い、また浦賀千万子はフリージャーナリストでもあったので、鵜飼の

正体についてすでにある程度の理解に達していた。

毎週日曜、晴子の元を訪れたのと同様に、鵜飼は千万子とちさとの元を、それぞれの曜日に訪れていたこと。千万子もちさとも、鵜飼の死が報じられるまで、彼には妻子がいると信じていたこと。

しかし実際には、鵜飼に家庭があった形跡はないこと。飲食店のプランニングコンサルタントをしているというのも、虚構であったこと。それどころか、では鵜飼が何をして暮らしていたのか、調べれば調べるほど、不穏な推測が出てくること。

「晴子さん、あなた、どんなふうに鵜飼と知り合った？　スリに遭って、彼に助けてもらったんじゃない？」

そう言ったのは見崎ちさとだった。

不思議なことに、失望や怒りはまったくなかった。今聞かされたことを、私は全部とっくに知っていたような気さえする、と晴子は思った。プランニングコンサルタントも、妻と暮らすマンションも、じつは鵜飼と私の二人がかりで守ってきた虚構ではなかったのか。

「あのね、もう少ししたら、もう一人来るかもしれないの。ほら、サファリランドにいた娘《こ》。最後に鵜飼と一緒にいた、水商売の娘」

浦賀千万子が言った。

「鵜飼とは店で知り合ったらしいけど、いい娘なのよ、とっても。電話でずっと泣いてたわ。彼女が話してくれるでしょう。鵜飼の、最期《さいご》のこと」

晴子は頷《うなず》いた。その娘の話は聞きたかったが、何を聞いてももうあまり驚かないだろう、と思った。虎の前に身を投げるときでさえ、女に見送らせた鵜飼。

「ね、いまさらだけど、こんな話しても大丈夫なの？」

沈黙を気にしたのか、浦賀千万子が、航を見ながら言った。ダイジョブ、と晴子より先に航が答えた。

「むちゃくちゃすぎて、俺よくわかんないから」

千万子とちさとは、声を上げて笑った。晴子も少し笑った。航は首をすくめるようにして、

「こういうときも笑うんだ」

と呟く。

頼んだものが運ばれてきた。航がちらしを、女三人は、にぎり鮨を選んでいた。銘々が小皿に醬油《しょうゆ》を注《つ》ぎ、食べはじめると、三人はしばし無言になった。食べることへの情熱も三人共通しているのね、と晴子は思う。もちろんそうなったのは鵜飼のせ

いだ。

「案外おいしいじゃない」

平目と烏賊《いか》を味わったところで、見崎ちさとが感想を述べた。

「そりゃ、鵜飼光一のプロデュースだもの」

浦賀千万子が皮肉に笑いながら言う。

「さて、次はどれをいただこうかな」

見崎ちさとは意識しているのかしていないのか、それは鵜飼の口癖でもあった。若い頃、外に食事に出たときも、晴子の家で向かい合っているときでも、目の前に並んだ料理の皿を見渡して、愉しそうに、いっそ色っぽく、鵜飼はよくそう呟いたものだった。

鵜飼に答えようとするように、晴子は目の前の鮨を眺めた。私も最初に平目を食べたから、残っているのは、烏賊と、鮪《まぐろ》と、かんぱちと、海老《えび》と、煮穴子と……。

「あの……」

と、晴子は顔を上げた。ここまで自分から何か言うことはほとんどなかったので、全員が晴子に注目した。

「お二人は、鵜飼さんと一緒に、煮こごりを食べたことはありますか」

二人ともはっとした顔になった。それから、ほとんど同時に、首を振った。晴子も二人に倣《なら》って、首を振った。三人は静かに笑った。

とうにちらしを平らげてしまっている航は、テーブルの下でこっそり携帯電話をいじっている。

ゆで卵のキーマカレー

荷物が多くなったので旅行カバンからカートに詰め込みなおしたが、アパートの鉄階段は持ち上げて下りるほかない。踏み外さないように足元を睨《にら》みながら下り切って、思わず「はー」とおばさんみたいな溜息を吐《つ》いたとき、ちょうどどこからか帰ってきた、向かいの一軒家のおばさんと目が合った。

「こんにちは」

柚衣《ゆい》は咄嗟《とっさ》に作り笑いして、頭を下げた。こんにちは、と向こうも礼儀正しく返したが、目が泳いでいる。

「お引越し？」

とんでもないことを言い出す。いいえー、と柚衣はあくまで朗らかに否定して、でもどう説明していいかもわからず、

「ちょっと、用事で」

とおばさんをいっそう困惑させるような返答をした。

カートをごろごろ引っ張って最初の角を曲がったとき、そうか、あのおばさんは、私が誰だか知らないのだ、と思い当たった。アパートの台所の窓から向かいの家の庭がよく見えるので、暇さえあれば植木を丹精しているおばさんの姿に、柚衣のほうは馴染《なじ》んでいる。でも部屋を借りてからまだ二ヶ月で、そのうえ引越しの挨拶《あいさつ》を、同じアパートの人にさえしていない。せめて両隣の部屋の人には粗品でも持っていこうよと柚衣は主張したのだが、靖司《せいじ》が面倒がったのだ。

そもそもは靖司が鍋釜《なべかま》を詰め込んで持ってきたカートはボロで、車輪が一つ歪《ゆが》んでいて、舗装が甘い住宅街を引いていくのは骨が折れた。荷物が増えたのは靖司のせいだ。洗面所の化粧品とトイレの棚の生理用品と、あとはそこらに掛けてある服だけ部屋から持ち出せばいいだろうと思っていたのに、押し入れの中の服もバッグも、靖司一人ではまず使わなそうな食器類も持っていってくれと言い出した。家捜《やさが》しに来るわけじゃないんでしょ？　と柚衣が呆《あき》れた声を出すと、靖司は柴犬みたいな哀願の目をして、ごめん、でもあいつら、きっと何でも開けてみたがるからさ、と手を合わせた。

あいつらというのは、高校一年と二年の、靖司の年子の娘たちのことだ。

アパートから柚衣の実家までは徒歩十分で着く。二人で住むことになったとき、そういう場所のアパートを、靖司が探してくれたのだった。

やさしい人でよかったわね、と柚衣の母親は目を細めた。男運の悪い一人娘がまたぞろ十も年上の妻子持ちにひっかかったと、はじめの頃はろくに話も聞こうとしなかった。靖司が妻子のいる家を出て柚衣と二人で暮らすことになった、と報告し、そのあと彼が、駅前の和菓子屋の麸《ふ》まんじゅうの折を携えて実家に挨拶に来る、ということがあってから、ようやく母親は安心してくれたのだ。

「届けはもう出したの？」

引越ししてから一週間後くらいに何かの用事で一人で実家に行ったとき、紅茶を注《つ》ぎながら母親は何気なさそうにそう訊《たず》ねた。

「そういうのはべつに」

と柚衣は答えてから、母親が聞いているのは婚姻届のことではなくて、靖司と妻の離婚届のことだと気がついた。

「まだみたい」

「あ、そうなの……」

質問したことを後悔する顔をあからさまに母親がするから、柚衣は急いで、

「引越しとかそういうので慌《あわ》ただしかったから、手続きは後回しになってるんじゃないかな。連絡も取り合いにくいだろうし」

と言った。言ってから、それが自分に対する説明にもなっていることに気がついた。

「そうね。あなたがやいやい言うことじゃないわね」

「だからやいやいなんて言ってないって」

「お嬢さんたち、まだ高校生だものね。……一人は大学生だっけ？」

「二人とも高校生」

「まだちょっとむずかしい年頃だものね」

「うん、でも今どきの子はドライだから、案外淡々とした反応らしいよ」

「それでもねえ……」

母親には言っていないことがあった。靖司が家を出てきたのは本当だが、靖司の奥さんも娘たちも、柚衣の存在を知らないのだ。だからもちろん、靖司が柚衣と暮らしていることも知らないし、娘たちが淡々としているのは、父親の出奔《しゅっぽん》を「ちょっとした別居」と考えているからかもしれない。だからこそ日曜日に、姉妹揃っておとうさんのアパートを見に行きたい、などと言い出すのだろう。

次の角を曲がれば実家が見える、というところまで来て、柚衣の足は止まってしまった。靖司が迎えに来るまで、身の回り品いっさいとともに実家に潜んでいるためには、その理由を母親に説明しなければならない、ということに、今さらながら気がついたのだ。

踵《きびす》を返すと、次の行き先は意外にもすぐ決まった。

アパートを迂回《うかい》する道筋を通り、駅へ向かう。駅前広場の噴水を囲むベンチの一つに座った。

ここからだと、改札口の向こうの下りホームも見渡せる。なじみ深いベンチだった。一緒に暮らす前、会いに来る靖司をいつもここで待っていた。

たいていは平日の夜、八時か九時頃。挿画家である靖司が仕事で都内に出て、自宅に戻る途中にこの駅はあるので、少しでも時間ができると「ちょっと寄るよ」と電話してきた。そのとき決めた待ち合わせの時間に、靖司はたいてい五分か十分遅れてきたけれど、柚衣はいつでも五分前から待っていた。遅れても必ず来ることを知っていたから、待つことが楽しかった。

下り電車が到着する。その時間、ファミリータウンのこの駅では、たくさんの人が降車する。靖司の姿を探す数分間。背が高い靖司の、人波からひょっこり飛び出している頭を見つけるのとほぼ同時に、その頭がこちらを向いて、柚衣を見つけ、ゆっくり微笑む。

それから靖司の姿はいったん駅舎の中に消え、間もなく改札口からあらわれる。七十五歩だと靖司は言った。それは柚衣の姿を見つけてから改札口までの歩数で、さらに十八歩歩くと柚衣に行き着く。

喫茶店で三十分ばかり過ごしたあとはホテルへ行った。駅前のファッションビルの上半分がシティホテルになっている。といっても部屋に入るのではなくてただエレベーターに乗るのだった。たいていは無人の箱に乗って最上階まで上る間に、何度もキスをした。

その頃柚衣は母親と暮らしていたので、二人きりになる機会はかぎられていた。一日一緒にいられるような日には、ラブホテルに行ったけれど、「ちょっと寄る」ときにはキスだけでがまんした。「ホテルに行くと、帰るのがいやになっちまうんだよ」という靖司の言葉は嘘《うそ》ではないのだろうが、そこは靖司にとって、後ろめたさをかき立てられる場所でもあったのだろうと柚衣は思う。家族と、柚衣の両方に対する後ろめたさを。靖司というのはそういう男で、そういうところを柚衣は愛したのでもあった。

出会ったとき、靖司たち夫婦の関係はすでに壊れていた。そのことを柚衣に打ち明けたあと、でも娘たちが高校を出るまでは離婚できない、と靖司は言った。それを方便とは思わなかったけれど、靖司が離婚することはないだろう、と柚衣はあきらめていた。今できないことは何年経ったってできない。今までの経験からそう決め込んでいた。ところがある日、娘たちはまだ高校を出てもいないのに、靖司は突然決断したのだ。

ベンガルベンガルベンガル。

呪文みたいに柚衣は唱えた。ベンガルは靖司が「家を出て、柚衣と一緒に暮らす」と告げたときの店の名だ。あの日、いつものように「ちょっと寄る」と電話があって、いつになく約束した時間ぴったりに電車から降りてきた靖司は、開口一番「腹が減ってるんだ」と言った。

入る店を探しはじめたときから、そうする理由が空腹だけではないことは薄々感じられた。ファミリーレストランを避け、行きつけのラーメン屋も避けて、歩きまわった末見つけたビルの二階の店。駅へ行く道の途中にあるビルだが、中に飲食店があるなんて柚衣はそれまでちっとも知らなかった。靖司は食べもの屋でも格安家具を売るアウトレットの店でもとにかく発掘するのが好きで、手当たり次第のぶんハズレも多いのだが、ベンガルは、大当たりの部類だった。

たぶん立地が悪いせいで、ほかには一組の客しかいなかった仄暗《ほのぐら》い店内で、柚衣はチャイを、靖司はゆで卵入りのキーマカレーを注文したあと、

「別れた」

とはっきり言ったのだった。ペーズリー模様のテーブルクロスの上に両手をのせて、少年みたいなシンプルな口調で。あんまりいきなりのことだったから、「どうして?」と柚衣は聞いた。

「自然にそういうことになった」

日常化している言い争いがとうとう収まりがつかなくなって、どちらからともなく、そういう結論になったのだ、と靖司は言った。だから柚衣のせいじゃない。彼女(と、靖司は妻のことを呼ぶ)は柚衣のことを知らない。

靖司はそういう言いかたで、私によけいな罪悪感を抱《いだ》かせまいとしているのだろう、とあのときは感じた。「結局限界がきていたんだ。妻と暮らすことにというより、柚衣と暮らせないことに」とも靖司は言ったのだから。でも、実際のところ、どうだったのだろう? 靖司は「家を出ることにした」と言ったのではなく、「出ることになった」と言ったのではなかったか。靖司にとって、家族との別れはじつは青天の霹靂《へきれき》

だったのではないのだろうか？

柚衣はどきっとして、咄嗟に顔を伏せた。が、すぐに、向こうはこちらの顔など知らないのだと気づいて、改札口から出てきた二人の娘をあらためて検分した。ともにすらっと伸びた背丈。今ふうのシャギーカットのほうが姉で、長い髪を両脇で結んでいるほうが妹だろうか。顔立ちは違うが、どちらにも共通する面影がある。間違いない、靖司の娘たちだ。たぶんちょうど着く頃だろうと当たりをつけて駅まで来たのに、実際に姿を目にすると、見なくていいものを無理やり見せられたような気分になっている。

二人の娘は、人の流れを避けて掲示板の横で立ち止まり、二言、三言交わすと、シャギーカットの子が携帯電話を取り出した。「あ、おとうさーん？」という尻上がりの声が聞こえてくる。駅に着いたら電話することになっていたのだろう。「おう」という靖司の少し照れたような、でも嬉しさを隠せない声が聞こえるような気がする。携帯電話を持っている子が辺りを見回しながら何か答え、もう一人が横から茶々を入れ、二人でキャッキャ笑っている。屈託なんてまるでない。父親の仕事場でも訪ねてきたような感じだ。

靖司は迎えに来るのだろうか、私がベンチに座っているのを見たらどんな顔をするだろうかと、待ちかまえる気持ちでいたが、娘たちは電話を切ると歩き出した。アパートまではほぼ一本道だから、部屋で待っていることにしたのか。今頃靖司は、三人分のコーヒーを淹《い》れているのかもしれない。引越ししてから最初に買った薬缶《やかん》、「うまいコーヒーを淹れるにはこうしておかないとだめなんだ」と靖司が言って、トンカチで丁寧に注ぎ口を細く潰《つぶ》した薬缶で。

娘たちの姿が視界から消えると、柚衣は自分の携帯電話を取り出して、電源を切った。ほとんど無意識の行為だったが、そうすることで、今自分がどんな気分でいるかがはっきりしてしまった。

こんな日には誰からの電話にも出たくない。もし靖司が娘たちの目を盗んで電話をかけてきても、出たくない。というか、靖司からの電話を待ちたくない。

引越したときにアパートに引いた電話は、実質的に靖司の専用回線になっている。靖司が一人暮らしだと思っている靖司の妻が、まだときどきは事務的な連絡の必要でかけてくるので、電話が鳴っても柚衣は取らないようにしているからだ。

柚衣のほうは、勤め先も含めてたいていの人に事情を打ち明けていて、だから柚衣に用がある人は、携帯電話にかけてくる。べつに不自由があるわけではないけれど、ときどき、靖司がまだ家族と一緒にいた頃よりももっと、自分が「日陰の女」になったような気持ちになる。

もっとも靖司に言わせれば、柚衣のことを「隠している」つもりはないのだそうだ。妻に柚衣のことを明かさないのは、「彼女をよけいに傷つけたくない」からで、妻にもほかの誰にでも、聞かれれば話す。でも聞かれなければ、自分からは話さない。男っていうのはそういうもんだ、と言う。実際柚衣は、一度だけだが、電話をかけてきた友人に靖司が自分のことを話すのを聞いたことがある。うん、別れた、うん、そう思う、うん、柚衣っていうんだ、うん、よかった。そう言っていた。だからアパートの電話が鳴るのは好きだった。いつもいくらかの期待があった。

昨日、それが鳴ったのは夜八時過ぎ、夕食を食べている最中だった。柚衣の知るかぎり、靖司の娘たちがアパートに電話をかけてくるのははじめてだったが、靖司の応答で、すぐにそれとわかった。しばらくその場にいたが、靖司が話しにくそうな感じなので、隣の部屋に行った。アパートの狭い部屋だから、それでも、靖司の言葉の端々、何を言っているのかはわからないが、ほかの誰にでもない、娘たちにだけそんなふうに喋《しゃべ》るのだろうと思わせる口調が、伝わってきた。

電話の気配が終わっても、すぐ出ていくとまるで聞き耳を立てていたみたいだから

（実際そうしていたとも言えるが）靖司に呼ばれるまで待っていた。しかし、いつまでたっても声がかからないので、出ていくと、靖司は一人勝手にぱくぱく食べていて、「何やってんだよ、冷めちゃったぞ」ととぼけた顔で言った。

ちょっと頭に来て、靖司の言う通りすっかり冷めて油っぽくなってしまった茄子《なす》の炒《いた》め物《もの》を、黙ってもそもそと食べた。靖司のほうから何か言うべきだと思うのに、靖司もただ食べ続けていた。さっき電話のベルとともに絞ったテレビの音量を上げて、くだらないコントに笑ったりしている。

コマーシャルになったとき、ようやく、「そういえばさ」と言った。「そういえば、明日うちの娘たちが遊びに来るって言ってるんだよ」。なにが「そういえば」なんだろう。「うちの」娘ってなんなんだろう。いろんなことを考えながら、柚衣は「そう、いいんじゃない」と答えた。そうしたら靖司はほっとした様子になって、今日の段取りをあれこれ相談しはじめたから、その夜、本当は夕食の終わりに柚衣が話したいと思っていたことは結局話せなかった。

とても大事な話があったのに。

事実上の「ホームレス」状態にもかかわらず、次の行き先もすぐに決まった。

靖司に話してから行こうと思っていた場所に、今行って悪いことはないだろう、という気分になってきたのだ。

駅周辺に産婦人科は二軒ある。商店街裏手の薄暗い個人医院と、線路沿いのサーモンピンクの総合病院内との、どちらを選ぶかに重大な意味があるような気がして、柚衣は臆《おく》する気持ちを奮い立たせて、総合病院を目指した。

壁と同じ色のお洒落《しやれ》な制服を着た受付嬢は、カートを引きずった来院者を奇妙に思ったかもしれない。でも、おかげさまで、カートの中にはちゃんと保険証も入っている。

様子がおかしいと思いはじめたのは、二週間くらい前だった。最近は病院へ行く前に自分で判定できる薬があるという話をどこかで聞いたことがあり、薬屋へ行ったのが昨日の昼。手の中に隠してトイレに入って使い方に従い、一分間待つとスティックの小窓にピンク色の線があらわれた。陽性。説明書には「必ず医師の診断を受けましょう」と書いてあるけれど、「検査の正確さは99％以上です」ともある。

もともと地元では有名な産婦人科が母体となった総合病院だから、吹き抜けの中をエスカレーターで上がって行ったところがすぐにそのフロアだった。観葉植物で匿《かくま》われたホテルのロビーみたいな待合室。低い本棚をパーテーションにして、右のソファーにはマタニティーウェアの妊婦たち、左にはお腹が膨らんでいない女たち。まさかそういう決まりになっているわけではないだろう、と思いながら柚衣がやっぱり左側に座ると、隣のシートのおばあさんが、びっくりするほど無遠慮に上から下までじろじろ見た。

逃げるように柚衣は本棚に立ったが、絵本と妊婦雑誌と育児雑誌しかない。手ぶらで戻るとまたじろじろ見られそうなので、育児雑誌を取った。めくってみると、育児雑誌といってもファッション誌のようにおしゃれな作りになっている。「ママの手作りおやつ」のページを見る。フルーツいっぱいパンナコッタ。甘いものも手作りも好きだから普段ならこういうページは楽しいのに、気がつくと、何が「ママみたいにやさしい味」だ、何が「フルーツたちがかくれんぼ」だ、と腹を立てている。

壁に埋め込まれた画面に映っているのはビデオなのか、レオタード姿の地味な顔の女がマットの上に横たわり、ふっふっ、はっはっ、と呼吸している。女のお腹はぺちゃんこだけれど、分娩《ぶんべん》の際の呼吸法を指導しているということは、柚衣にもわかる。それなら脚をもっとがばっと開いていなくちゃ参考にならないんじゃないのか。こんな大きな病院なのに、産婦人科に来る女がみんな幸福な妊娠をしている人ばっかりだと決め込んでいるみたいなこの有様はどうなんだ。そんなふうに心の中でやじっている自分が、すっかり「幸福じゃない妊娠」の側に立っていることに気がついて、柚衣は愕然《がくぜん》とした。

靖司と出会ったばかりの頃、情熱にまかせて抱き合った日々の結果として、不安に過ごしたことがあったのだった。「できたならできたで、いいよ」と靖司は言ったけれど、勿論《もちろん》、待ち望む表情ではなかったし、事実、妊娠していないのがわかったとき、「よかったなあ」と心底ほっとした顔を見せもしたのだ。

以後、靖司は慎重に避妊するようになった。そうして、一緒に暮らすようになってからはどうだったかといえば、安心して再び情熱にまかせるようになった、というわけでもない。柚衣の印象では、規制は緩くなりはしたものの依然として存在している。そのことについて話し合う機会がないまま、こういう結果がやってきたわけだけれど……。

でも昨日は。

と柚衣は思った。

強く、それまでのぐずぐずした思考の上に叩きつけるようにそう思ったので、実際に叩きつけるみたいに育児雑誌を閉じてしまった。

昨日は、妊娠判定薬の小窓にピンクの線が浮かび上がってきたときは、私は嬉しかったのだ。

勿論少しの心配もあった、でも嬉しさのほうがだんぜん大きくて、そのことを靖司に告げるのが楽しみだった。素知らぬ顔でトイレから出てきて、寝転がって本を読んでいる靖司を横目で窺《うかが》いながら、どんなふうに、いつ告げようかと考え、夕食のときにしようと決めた。どきどきしていたが、同じかそれ以上にわくわくしていた。電話がかかってくるまでは。電話のあと、茄子の炒め物は冷めてしまい、嬉しかった気持ちが蜃気楼《しんきろう》だったみたいに思えてきたのだ。

「橋本柚衣さん、橋本柚衣さん、三番へどうぞ」

チャイム代わりの「野ばら」のワンフレーズが流れて、マイクの声が柚衣の名前を呼んだ。

病院裏手の小公園にも、靖司と一緒に何度か来たことがあった。

十二のときから住んでいるこの町の隅々を、靖司と付き合うようになってからはじめて知ったともいえる。

夕暮れどきにはホテルのエレベーターの中同様にキスできた場所なのに、日中には日中の貌《かお》があるようで、柚衣がベンチに座って五分と経たないうちに、がやがやと人がやってきた。それも、三、四歳の子供を連れた母親グループ。柚衣と同じか少し年《とし》嵩《かさ》くらいの母親たちは、柚衣をちらっと見て顔を見合わせ、示し合わせたように再びいっせいに柚衣を見た。このベンチがいつもの彼女たちの指定席であるのだろうことがそれでわかるが、やさぐれている柚衣は今や自分がまごうかたなき嫌われものであるような気持ちになっていて、意地でもどいてやるものかと決意した。

わざとらしくカートを引き寄せ、中の荷物を調べるふりなどしていると、母親たちはあきらめたらしく、古タイヤを重ねた遊具のほうへ行った。犬でも放すみたいに子供たちを砂場のほうへ向かわせると、自分たちはタイヤに寄りかかってお喋りをはじめる。

「……どうする？　明日」

「悪いけどパスだと思うな、だって行ってたら、お遊戯袋間に合わないもん」

「えー、作るんだ？」

「えー、作らないの？」

「あたしハンドメイダーじゃないもん」

「なんじゃそりゃ」

「今週の通信にアップリケの型紙出てたよ」

「あー、象さんでしょ」

「または陽子先生ともいう」

「わるーい」

笑い声。仲間内でしか通じない話を、まるで柚衣に聞かせるみたいに喋っている。みんな敵だ、と柚衣は感じる。敵、それが言いすぎなら、他人。この母親たちも、砂場でもさもさ遊んでいる子供たちも。今頃柚衣の持ち物をすっかり取り払ったアパートで、二杯目のコーヒーを飲んでいるに違いない靖司の二人の娘も、靖司も。それに、さっき診察室で見せられた超音波写真の、私のお腹の中のちっぽけな生き物も。

柚衣は公園内を見渡した。母親たちのお喋りの抑揚が不自然に変わって、こっちを気にしていることがわかる。タイヤの遊具の横には、キリンをかたどったすべり台がある。

流産するために女が何度もすべり台から飛び降りるシーンを、映画かドラマで観たことがある。すべり台から飛び降りるというのはへんだろうか、女が着物を着ていたような記憶もあり、だとすればきっと時代劇だから、梯子《はしご》か何かからだったろうか。

柚衣はカートのハンドルを摑《つか》んで立ち上がった。これ見よがしに、母親たちの目の前を通り、すべり台の前を通って、公園から出ていった。

時刻は午後一時を回ったところで、「ベンガル」のランチタイムはまだ終わっていなかったが、柚衣が入っていったとき、店内に客は一組もいなかった。

「よかった、すいてて」

と思わず言うと、すでに顔見知りになっているインド人のマスターが、

「いっぱいいたよ、さっきまでは」

と、訛《なま》りのある日本語で抗議した。

「ランチ、まだできる？」

「もちろん」

「それじゃ、ゆで卵のキーマカレーをください」

ついでにビールも飲んでやろうか。がんがん飲んで、酔っぱらった勢いで父娘の団《だん》欒《らん》に乱入する自分の姿を想像しはじめたとき、アルコールはなるべく控えるようにと医師から言われたことを思い出した。問診票で酒量を問われて正直に書き込んだので、ことさらに注意されたのだ。

そういえば妊婦心得みたいなパンフレットも渡されていた。料理を待つ間に取り出して眺めてみると、控えたほうがいいものとして煙草《タバコ》、アルコール類のほか、「しげ

きぶつ（辛いもの）」とも書いてある。もしかしてインドカレーはまずいだろうか。

そのとき、階段を上がってくる足音とともに、あまりにも聞き覚えのある声がして、柚衣は発作的に立ち上がった。インド人マスターに向かって、必死の形相で唇に人差し指をあててみせると、カートを引っ張って店の奥に逃げ込んだ。ほぼ同時に、果たして靖司と娘たちが店に入ってきた。

マスターが怪訝《けげん》な顔で振り返るので、柚衣は気が気じゃなかったが、マスターの日本人の奥さんが何か察したらしくて、応対に出ていった。入れ替わりに奥に入ってきたマスターに「どしたの？」と聞かれて、柚衣は再び、ものすごい形相になって唇に指をあてる。

「えーおしゃれー」

「超おいしそー」

しゃがみ込んでいる頭の上に、娘たちの声が降りかかってくる。「どんどん食えよ」「サモサなんかもうまいぞ」という、靖司の声も聞こえてくる。

奥さんが戻ってきて、柚衣を厨房《ちゆうぼう》のほうに手招きした。事情をわかっているのかいないのか、にやにや笑いながらインド人シェフが立っている調理台のさらに奥に、テーブルと椅子《いす》のセットがあり、そこに座るように案内された。従業員が食事する場所なのだろう。まず水のコップを持ってきてくれた奥さんは、続いて、ライスとカレーもこちらに運んできてくれた。

「すみません」

奥さんは、言葉のわからない外国人みたいに黙って微笑んで首を振る。気持ちは嬉しいけれど、何も聞いてもらえないのも落ち着かない。

インドの言葉で靖司たちの注文をシェフに伝えたマスターは、柚衣たちのほうへやってきて、「どしたの？」とまた聞いた。

「ケンカ？」

「ていうか……」

「おせっかいしないのよ、サット」

そうやって夫の口まで封じてしまうので、柚衣は、厨房を行き交う人たちにときどき窺われながら、ひとりぽつんと、靖司たちが店を出ていくのを待つはめになった。

気づかなかったのはばかだった。この町で靖司がいちばん気に入っているのは結局のところこの店なのだ。娘たちにいいところを見せようと思ったら、ここに連れて来るに決まっていたのに。サモサとタンドリーチキンが運ばれていき、シェフが小鍋に移しているのはやっぱりゆで卵のキーマカレーだ。

靖司の娘たちははしゃいでいる。甲高《かんだか》い笑い声や、「だせー」とか「うそー」とかいう叫び声が聞こえてくる。はしゃぎすぎなんじゃないかと思う。女子高生だからだろうか。合間に靖司の声も届くが、何を言っているのかはここまでは伝わらない。周波が合わない放送局からの音楽みたいに。あるいは、夢の中の声みたいに。

靖司と暮らすようになったこの二ヶ月、実際、夢みたい、と柚衣はずっと感じていたのだった。

靖司が完全に自分のものになったなんて夢みたい、と。

靖司たちは三十分ほど店にいた。注文した料理のボリュームからすれば、一陣の風のように出ていったともいえるが、柚衣にとっては永遠に終わらないかに思える三十分だった。空腹だったたし、食べるほかにすることがなかったにもかかわらず、カレーはほとんど食べられないまま冷めてしまった。

「ごめんなさい、カレー、持って帰ってもいい？」

「ええ、どうぞ。今パックしてあげる」

奥さんはあくまでやさしく微笑み、そのことで逆にいっそう落ち込みながら、柚衣は奥さんの作業を待った。詰めてもらったカレーを持って、やっぱり実家に行こう。カレーは母が食べるだろう。あれこれ聞かれそうになったら、具合が悪いといって寝てしまえばいい。実際具合が悪い気もする。

そのときドアが開く音がして、

「すいませーん」

という靖司の声が聞こえた。

「どしたの。忘れ物？」

マスターが聞き、

「いや、ちょっと持ち帰り用に詰めてもらおうと思って」

と靖司は答える。

「ゆで卵のキーマカレー、二人分詰めてよ」

娘たちにお土産《みやげ》に持たせようというのだろうか。マスターが厨房に入ってきて、柚衣のほうをちらちら見ながら「キーマだって」と日本語でいい、すると奥さんが何だかみょうに大きな声で、

「キーマカレーはもうないよ」

と言った。

「え、ないの？」

奥さんの声が聞こえたらしい靖司の声。奥さんは店のほうへ出ていった。

「今日はみんながキーマ食べるから。あなただって、さっき食べたでしょ？」

「いや、俺は食べたけど、うちで柚衣が待ってるからさ」

柚衣はたまらなくなって立ち上がった。うちでなんか待ってない。うちに帰れないから、ここにいたのに。厨房からぬっと顔を出すと、靖司はぎょっとした顔になる。

「あれ。なんだよ。どうしてそこにいるんだ」

「あの子たちは？」

「さっき帰った。駅まで送ってった」

それきり二人とも言葉が途絶えて、突っ立ったまま見つめ合った。

「カレー、持って帰るつもりだったの？」

柚衣は、ようやくそれだけ言った。

「え。うん。だって……好きだろ？」

靖司は混乱した様子で、つかえながら答える。

「どっちみちだめなのよ、カレーは」

「え」

「だめなのよカレーは。しげきぶつだから」

込み上げてくるものがあり、声がおかしな具合に膨らんだ。何が起きているのかいっこうにわからないらしい靖司は、目を丸くしている。やっぱり事情が呑《の》み込めないらしいマスターが、何を思ったのかふいにリモコンを操作し、壁の上の小さなテレビに、隊列になって踊るインド人たちがあらわれた。

トナカイサラミ

レジカウンターのうしろが鏡になっていて、安耶《あや》は、そこに映った自分の姿にぎょっとした。

実際に、あっというような声を小さく上げてしまったらしく、えびすめを計量していた店員が、何事ですかというふうに顔を上げた。

「ごめんなさい、ちょっと、思い出しちゃって」

安耶は慌《あわ》てて言った。

「思い出し笑いってあるでしょう？　私のは、思い出しびっくり」

店員は――安耶の孫といっていい年頃の青年だったが――礼儀正しく微笑み返すと、作業に戻った。デパートの地下食料品街の一画だが、老舗《しにせ》の佃煮屋《つくだにや》は、従業員の教育がよく行き届いている。詰め合わせではなく、えびすめを二百グラム、ちりめんも二百、海老《えび》は三百と細かい注文をしても、少しもいやな顔をせず丁寧に応対してくれた。

それにしても、少し時間がかかり過ぎてしまった。代金を払い、紙袋を受け取ると、安耶はすこし急ぎ足になった。デパート一階の入口で、夫の俊介《しゅんすけ》が待っている。今日、これからの集まりにはもちろん二人で出席するが、「デパ地下」などという場所には、金輪際足を踏み入れたくないらしい。

それともデパ地下ではなく、佃煮のせいだろうか。安耶はふと、そう考えた。「何か土産《みやげ》がいるだろう」と先に言ったのは俊介だったのに、「それじゃ、よしはしの佃煮にしましょう」と答えると、「佃煮か」と呟いたきり口を閉ざしてしまった。あれは、よしはしの佃煮が、これから会う面川《おもかわ》の好物だということを、忘れているせいなのか、あるいは思い出したせいなのか。

エスカレーターの横にも全面鏡が張ってあり、安耶は横目で、自分の姿を窺《うかが》った。「思い出しびっくり」というのは、咄嗟《とっさ》の答えにしては、的を射ている。昨日、美容院で髪を染めたのだった。安耶の髪は、それまでは真っ白だった。黒髪はもう一本も混じっていない、周囲が「きれいね」と羨《うらや》ましがるほどの、見事な白髪だったのを、真っ黒に染めた。その姿に、まだ自分の目が慣れていないのだ。

待ち合わせの場所に着き、辺りを見回したが、俊介の姿はなかった。トイレにでも行ったのか。しばらく待ち、洗面所のほうまで探しにも行ったがあらわれず、安耶はどきどきしてきた。まさか、帰ってしまったのだろうか。おまえが一人で行けとばかりに？

夫婦共用の携帯電話は、今日は自分が持っているから役には立たず、とにかく館内放送を頼んでみようか、と決めかけたとき、俊介は走りもせず、のっそりと歩いてきた。

「ああ、ごめん、ちょっと人に道を聞かれて、案内してきたんだよ」

悪いとも思っていなさそうな口調でそう言うと、さっさと先に立って歩き出した。

今日の集まりは、面川光一郎の帰国祝いだ。

戦後間もなく旗揚げした劇団を、演出家として率いてきた面川は、四十代のとき客演したスウェーデン人の女優と結婚して彼《か》の地に渡り、以来ずっと戻ってこなかった。劇団は後任に譲り、脚本を書いて送るということはしていたが、本当に――たぶん、もともと天涯孤独の身の上だったこともあるのだろうが――短い里帰りをすることすらなかったのだ。今度の帰国は三十数年ぶりだ。今日は喜寿の祝いを兼ねてもいるが、まさかそのために帰ってきたとも考えにくく、きっとスウェーデン人の妻が数年前に亡くなったことが、理由のひとつにあるのだろう、と安耶は思う。

ホテルの小広間を借りて行われるそのパーティーに招待されている客のほとんどが、劇団の関係者であるはずだった。俊介は面川とは学生時代からの友人で、安耶は結婚するまで、面川の劇団の役者であったという縁だった。

すでにロビーやエレベーターの中で、いくつかの知っている顔に行き合った。お久しぶり。まあ、びっくり。お元気だった？　ずっと日本にいる身でも、芝居を観に行くこともうなくなり、そもそも家の外に出る機会がめっきり減っているから、誰も彼もと久しぶりに会うことになる。コートを預けるためにクロークの前で並んでいるとき、安耶は何だか首が痛くなった。

緊張しているせいに違いない。首に意識が集中している。そうしていないと、キョロキョロしてしまいそうだから。今夜の主賓の面川は、今頃は控室で待機しているのだろうとわかってはいても、エレベーターのドアが開く音が聞こえたり、足音が近づいてきたりすると、つい振り返ってしまいそうになる。いや、実際のところ、面川以外にも懐かしい人たちがたくさんいるのだから、キョロキョロするのは、今度は誰が来たのだろう、誰に会えるのだろうという期待のせいかもしれないのだが、夫はそうは思わないのではないかという心配がある。

広間には六人掛けの丸テーブルが十ほども並んでいて、テーブルクロスの上には、あらかじめ出席者の名札が貼ってあった。安耶と俊介の同席者は、安耶同様に元劇団員の夫婦が二組で、俊介とも旧知の間柄だったから、気が張らない席だった。

「面川さん、お元気だった？」

そのテーブルにつく出席者が全員揃い、ひとしきり懐かしがって、互いの近況など教え合ったあとで、同席者の女性の一人が言った。

「いや、僕らまだ会ってないんだよ」

俊介が答えた。

「あら……そうだったの？　さっそく夜なべして飲み明かしたんじゃないかと思ってたんだけど。帰国したのは、いつだったの？」

「さあ」

連絡は、面川ではなく劇団からのものだった。しかもFAXで一方的に、帰国祝いのパーティーの詳細を報《しら》せるものだったから、実のところ、これが一時的な帰国なのか、面川は日本の墓に入るつもりで戻ってきたのかということすら定かでなかった。

ほんの少しばつの悪い間ができて、その女性の夫が、

「まさか成田からここに直行してくるわけじゃないよな」

と急いで言った。

「面川さんなら、ありえるけど」

「ありえるねえ」

みんなは笑い、安耶も笑った。実際、面川本人からの連絡がまだないことを、それほど気にしているわけではなかった。忙しい、ということもあるだろう。劇団員に成田まで迎えに来られたら、そのあとはずっと彼らが立てたスケジュールに従って一日が終わってしまうのに違いない。夜更けに会って明け方まで飲み明かすというような体力など、お互いにもう残っているわけもない。

遠慮しているとも考えられる。毎年のクリスマスカードが途絶えてからは、こちらから便りを送るのも間遠になった。相手の状況は想像するほかない日々が、もう何年も続いていたのだ。

パーティーの開始時間まで間もなくだった。テーブルはもうほとんど埋まっている。立食にしなかったのは、出席者の平均年齢を考慮してのことだろう。だが、見渡すと若い人の姿もちらほらとあり、彼らは現役の劇団員なのだろうが、それよりさらに若い何人かは、今はもうこの世にいない誰かの子供、あるいは孫ということもあるかもしれない。

実際、テーブルでの会話でも、共通の知人の消息を訊《たず》ね合ううちに、ああ、あの人は一昨年に……という話にもなるのだった。不思議でも何でもない。だって私たちはもう老人なんだもの、と安耶は思う。二十代の頃、六つ年上の面川のことは、到底手が届かない大人に思え、ときに分別臭く感じもしたし、その彼よりふたつ下というだけで、俊介をひどく子供っぽくも思ったものだが、今やそれっぽっちの年齢差など何の意味もない、ただひと括《くく》りに「老人」であると、他人も自分も認識する年齢になってしまったんだもの。

だがその一方で、そこからここまでは何程の距離もない気もした。ちょうど、若い人たちがいるあちらのテーブルからここまでくらい——二十代だったのはつい昨日のことのようにも思い返せる。

戦争が終わったのは九歳のときだった。

戦後は、いろんなことが変わり、いろんなことがはじまったが、自分にとって本当の意味ではじまりの日々だったのは、二十代だったと安耶は思う。

実家を出て、その地方の小都市にある大学の寮に入ったのは十八。友だちに連れられて、ダンスホールの屋根裏の「社交場」に出入りするようになったのが十九の終わり。ダンスホールはアーニャという渾名《あだな》のトランジスタグラマーの女のひとがやっていて、アーニャの情人はやくざだったから、ときどき強面《こわもて》のお兄さんたちが、上着のポケットに両手を突っ込んでふらふら体を揺らしているところに行き合った。恐くはなかった。ダンスホールの上に集まる若者を、やくざたちは幼児か動物の仔みたいに扱ったし、むしろ不思議そうに目を細めて、道を譲ることさえあった。

「社交場」は八畳ほどの板敷きで、斜めになった天井の真ん中にぽつんと開いた窓から、町の景色が見渡せた。あの頃はまだ、ダンスホールより高いビルもマンションもなかった。十六歳から上は二十五、六歳までの、学生や役者の卵や活動家や、何をしているのかわからない人たちが、いつ行っても五、六人はたむろしていた。部屋の壁はみんなが持ってきたアジビラや手製の芝居のポスターや、外国の女優の写真の切り抜きや、詩や小説の一節の抜き書きで埋まっていた。

布団が一組あって、眠くなれば誰でもそこで寝た。鍋釜《なべかま》もあった。部屋には流しもコンロもなかったが、下で借りられるのだ。誰の部屋なのかと聞くと、誰もが「モー」と答えたが、その人と会うことは長い間なかった。ときどきは戻ってきているらしいのだが、安耶がいる時間と合わなかった。

「モーが市バスの中で次の主演女優を引っかけた」とか、「モーが女に刺されたらしい」とか、噂《うわさ》だけがしょっちゅう聞こえてきた。仕方のないやつだなあ、と笑いながら、みんながモーを慕っていて、一目置いていることもわかった。あるとき、そこに来る青年の一人が、たまたま居合わせた人たちのスナップを撮ったことがあり、そこに写っている安耶をモーが見て、「可愛いなあ」と言った、という話を聞いた。でも、そのときの安耶には、そんな女たらしにひっかかってたまるものですか、という気持ちのほうが大きかった。

二十歳になったばかりの雪の朝、モーと俊介は、二人揃ってあらわれた。安耶は前夜からそこにいた。雪が降り出して帰るのが難儀になり、はじめてその部屋に泊まったのだった。何人かの男女が、同じ理由で雑魚寝《ざこね》していた。「モー！」「モーさんが来たぞ」という声でぼんやり体を起こすと、小柄な痩《や》せた青年が、面白そうに安耶を見下ろしていた。それまで何となく、薄汚れた、だらしない恰好の男というイメージがあったのに、実際のモーは、上等そうな黒いウールのコートを羽織っていた。モーこと面川光一郎が、着道楽だというのはあとになって知ったことだ。

並んだ俊介は面川よりも上背があり、ずっと体格がいいのに、比べると少々貧相に見えた。貧乏学生であるのは二人同じだったのだが、俊介が本に注《つ》ぎ込むお金を、面川は服に使っていたということらしい。だからといって面川が読書家ではなかったということはなく、どういう方法でか、彼は誰よりもたくさん本を読んでいたのだけれど。

「喪失の朝のご感想は?」

それが、面川が安耶に語りかけた最初の言葉であったのを、覚えている。顔が赤くなったことも。前の晩は、際どい冗談の応酬を楽しんでいただけで、もちろん、誰とも何もなかった。もっと言えば、悪戯《いたずら》みたいなキスを交わしたことさえ、安耶はそのときまだなかった。赤くなったのは、それを言い当てられた気がしたせいだったのだろう、とも思う。

「失敬なやつだな、君は」

そう言ったのは俊介だった。その口ぶりが、本当に怒っているようだったので、言い返してやろうと考えていたことを、安耶は言えなくなってしまった。何を言うつもりだったのか——どうしても思い出せないのだが、それは重要な言葉であった気がする。こじつけであるのは承知で、もしそれを口に出していたら、ひょっとしたら俊介ではなく面川の妻になっていたかもしれない、と考えてみることもある。

「安耶さんは、いつまでも若いわねえ。髪なんか黒々して……」

同席の、もう一人の女性が言った。安耶同様に、結婚と同時に面川の劇団を離れた人である。

「いやあね、これは染めてるのよ、染めなければもう真っ白」

安耶は、慌てて言った。

「そうなの？　染めてるようには見えないわ。とても自然で。きっと、艶《つや》があるせいね」

「昨日染めたばかりだからよ」

思わず正直に言ってしまい、ちらりと俊介を窺った。素知らぬ顔をしている。昨日、あんなに怒ったのに。

あとの二人の男性たちも、女性の美容にはまるで関心がないのだろう、面映《おもは》ゆそうに黙っている。それで会話が途切れると、会場の騒《ざわ》めきがあらためて意識された。開始時間を、もう二十分ほども過ぎているのだ。主役の面川はまだあらわれないし、主催者側からのアナウンスもない。

見渡すと、立ち上がっている人も何人かいた。間を持てあまして、べつのテーブルに遠征している人。扉のそばで立ち話している三人は、遅延の理由を何か知っているのだろうか。

面川は今どこにいるのだろう。まさか、本当に成田から直行するつもりで、乗った飛行機が遅れているとか飛び立たなかったとか、そういうことではあるまいか。

「ちょっと、誰かに聞いてみましょうか」

安耶が思わずそう言うと、

「いいから、座ってなさい」

と俊介が言った。彼はそれをまずまず上手に、落ち着きがない子供に言い聞かせる父親みたいに言ったので、同席者たちはくすくす笑った。

それから俊介はおもむろに立ち上がった。

「俺は御不浄《ごふじょう》へ行ってくるよ」

きっとそのついでに自分で聞いてくるのだろう。安耶は思い、俊介の姿が見えなくなると、同席者たちにもそう言って、あらためて笑いを誘った。面川は俊介にとっても懐かしい、大切な旧友であることはたしかだ。事情を知りたいのは山々だが、妻には任せられない、ということなのだろう——たぶん、いろんな意味で。

会場の騒めきは次第に大きくなって、立っている人の数も増えてきた。俊介も、なかなか戻ってこない。彼が席を立ってから、もうどのくらい経つのだろう。五分？十分？　トイレにかかる時間に誰かと話す時間を足しても、長過ぎる気がする。

安耶の頭にまず浮かんだのは、来るときのデパートでのことだった。待っている筈《はず》の場所にいなかった俊介。行きずりの人に請われて道案内していたという説明だったが、あれは本当だったのか。夫は不親切な男ではないが、シャイで、人付き合いが苦手な人だ。相手が探している場所への道筋をともに考え、指し示しはするだろうが、私を待たせるほどの距離をついて歩く、ということがあるだろうか。だが、あれが嘘《うそ》だったとして、じゃあ俊介はどこにいたと考えればいいのか。

それから、おかしな考えが浮かんできた。俊介は今頃、面川と一緒にいるのではないか、という空想。俊介がデパートで安耶を待っているとき、そこに——どういうわけでか知らないが、とにかく偶然に——通りかかったのは、面川だったのではないか。面川は俊介に、話をしたいと言った。今はだめだ、安耶が待っているからと俊介は答えた。それで二人は示し合わせて、今、このホテル内のどこかの部屋で一緒にいる。話している。何について？——私について。

面川の現在の容貌《ようぼう》を知らなかったから、空想の中の二人は、二十代の青年の姿だった。そんな場面を、実際に目撃したこともあるような気がした。いや、それも空想だったろうか。この年になると、空想と願望がときに記憶に溶け込むことを安耶は知っていた。知っていたが、甘い飴《あめ》のようにそれを舐《な》めた。

海へ行ったのは二十二歳の夏だった。

その頃、安耶は面川の劇団で芝居をしていた。面川、劇団のメンバー、それに俊介を加えた十人くらいでの海水浴だった。

劇団員ばかりの集まりに、その頃は大学の研究室にいた俊介がいつも交じることができたのは、彼が面川の舎弟分のような存在であったほかに、安耶の「熱烈なファン」だということが知れ渡っていたからだった。俊介の朴訥《ぼくとつ》な、それゆえにわかりやすい感情の表現は、みんなの恰好の肴《さかな》になった。安耶の一挙手一投足に俊介の表情は変わり、それを目ざとく見つけてからかうのは、面川だった。でもそれは、いかにも愛情深いからかいかただったので、「モーは、本当に俊ちゃんが可愛いのね」とみんなが言った。

それを聞くと安耶は何だかどきどきしたが、なぜなのかはわからなかった。愛のことはまだ何も知らなかったのだ。俊介に愛されるのは嬉しかったし、嬉しいのだから彼を愛しているのだろうと思った。面川のことを考えると不安になったから、それ以上考えるのをやめてしまった。

ほかの遊泳客の姿は見あたらなかった。もしかしたらすでにお盆を過ぎた、遅い夏の海だったのかもしれない。水母《くらげ》に脅かされた記憶はないけれど、安耶も、ほかのみんなも、浜辺で水を跳ねちらすばかりで、ほとんど泳がなかった。

ただ一人、ずっと海に入っていたのが面川で、ブイに摑《つか》まってぷかぷかと浮いていたり、沖の艀《はしけ》にのっかって手を振ってみせたりしていたのだが、気がつくと、ふっつり姿が消えていた。いつからいない？　さっき、艀から沖へ飛び込むのを見たよ。上がってきたのを見た人はいないの？

最初は冗談交じりで騒いでいたのが、時間が経つにつれて深刻になってきた。俊介がものも言わずにシャツを脱ぎ捨て、沖へ泳ぎ出していくと、何人かの男の人たちが続いた。女の一人が泣き出し、一人が彼女を慰めた。警察に知らせたほうがいいんじゃない？　ともう一人が言うより先に、安耶は浜辺を駆け出していた。

バス停のそばに煙草屋《タバコや》があった。あそこなら、電話がかけられるだろう。砂が足にまとわりついて何度も転びそうになった。行きはピクニック気分で歩いてきた距離が、焦っていると延々と縮まらないように思え、岩場を登ると近道になることを思いついた。水着にシャツを羽織っただけの手足に擦り傷を幾つも作りながら最初の高みを越えたとき、足元の岩に面川が上がってきたのだった。

「何やってんの、こんなとこで」

きょとんとした顔で、そう言ったのは面川のほうだった。遠泳して、入り江を回り、岩場から上がってきたというだけなのだ。みんなを驚かそうという意図すらなかったらしい。それがわかっても、安耶はしばらくの間言葉が出てこなかった。

「どうしたあ?」

驚いた顔でそう聞かれて、安耶は自分が泣いていることに気がついた。泣いてしまったことが恥ずかしく、並んで浜に戻る途中、ずっと俯《うつむ》いて黙っていた。事情がわかったらしい面川は、「ごめん、ごめん」と子供をあやすようにずっとあやまっていたが、その声がふと途切れた。

どうしたんだろう。私がずっと拗《す》ねているから怒ったのかしら。心配になり、安耶が顔を上げると、面川が微笑みながら見下ろしていた。

「その水着、素敵だよ。よく似合う」

赤いセーターをほどいて作った手製の水着を、そのときは着ていたのだった。編み棒を持っている間ずっと、自分は面川のことを考えていたのだと、安耶はそのときあらためて気がついた。

俊介は戻ってきたが、何も聞いてきてはいないようだった。

あるいは、何か聞いたが黙っているのか。いずれにしても、夫と面川がみんなを待たせて密談しているというのが、とんでもない妄想だったのは間違いない。

「どうしちゃったかね、モーは」

同席者も、俊介が何か情報を持ち帰ってくるのを期待していたのだろう、促すような口調で、そう言った。モーという呼称がこのテーブルで使われたのはこれがはじめてだった。その音は宙に浮き、みんなは何となく気恥ずかしそうにそれを見上げた。

そういえば、自分の胸の中でも夫婦の会話の中でも、面川をモーと呼ばなくなったのはいつからだったろうと安耶は思った。面川がまだ日本にいて、本人に向かって呼ぶ機会があるときはもちろんそう呼んでいた。彼が海の向こうに行ってしまったから呼ばなくなった、という単純なことではないのだろうが、とにかくいつしかそうなった。今日、彼に会ったら、「モー」という呼称はごく自然に戻ってくるのだろうか。

「この人、昨日、ものすごく怒ったのよ」

どうしてだか、不意にそれを明かしたくなって、脈絡のないことは百も承知で、安耶は話しはじめた。

「昨日、髪を染めたって言ったでしょう？　美容院に行くまでは、きれいに真っ白だったの。それを黙って、真っ黒にしちゃったから、ショックだったみたい。勝手なことするな、ですって。勝手なことって言われても、私の髪なんだし、ねえ？」

少々戸惑いながらも、みんなが笑った——俊介以外は。

「それは、安耶さん、愛されている証拠だよ」

「いいわねえ、まだそんなに気にしてもらえて」

口々にそう言われても、俊介は仏頂面《ぶっちょうづら》で黙っている。そういう男だということはわかっているから、みんなは気にしていない様子だが、もう少し若い頃なら、上手い科白《せりふ》ではないにせよ、何か一言二言、言い訳じみたことを言っただろうに。

といっても、俊介の様子は頑固な老人というよりは、拗ねている子供みたいで、だからこそみんなも面白そうに笑っているのだろう、と安耶は思う。歳をとると子供に戻るという話は、こういうことなのかもしれない。

私は俊介を愛しているのかしら。

安耶は思った。

だが、それは意味のない疑問だった。なぜなら、その問いかけは、もう何度も繰り返されてきたから。自分にそう問いかけてみるのは、答えがわからないときで、問いが浮かばないときには、私はこの人を愛していたはずだから。

四十八年間の結婚生活の中で、あるいはその前から、俊介は遠ざかったり、近づいてきたりした。どんな夫婦でも、恋人同士でも、長い年月とともにあればそういうものだろう。面川のこともそうだった。遠ざかったり、近づいたりした。

面川がうんと遠ざかった気がしたある時期に、俊介と結婚したのだった。そうして、結婚後、面川を再び近く思うときは何回となくやって来たが、それは俊介を遠く感じたときに重なっていたのかもしれない。

面川の妻になったスウェーデン人の娘が主演した芝居は、俊介と一緒に観に行った。モーのやつ、絶対に公私混同してるな、と俊介が言い（そうだ、このとき彼はたしかに、モー、と呼んでいた）、私は笑ったのではなかったか。

その娘との結婚式を、面川は日本では行わなかった。スウェーデンへ発つことが決まり（まさか永住することになるとは誰も――たぶん面川自身も――思っていなかった）、その直前の送別会が、披露宴の代わりにもなるはずだったが、安耶は出席しなかった。その頃、次女を妊《みごも》っていたからだ。

「いくらなんでもおかしいわよね」

同席の女性の一人が、少なからず苛立《いらだ》ちながら、本題に戻す、というふうに言った。開始予定時刻からすでに三十五分。安耶は自分が、彼女ほどは苛々していないことに気がついた。どういう理由かはわからないが、きっと今日、面川は来られなくなったのだ。私たちは面川に会えない。そうなったのは、きっとそのほうがいいからだ。

そのとき突然、会場内の雰囲気が変わった——それは黒いお仕着せのウェイターたちが、カンパイのビールとグラスを運んできたせいだった。

司会者とおぼしき蝶ネクタイの男が、演台の横のスタンドマイクに近づいた。

「お集まりの皆さま、大変、お待たせいたしましたこと、お詫《わ》び申し上げます！　面川光一郎様、ご到着でございます！」

ビールとグラスはもう行き渡っている。ホテル側の係員たちが数人、扉の前に立ち、一人は廊下のほうに向かって何か囁《ささや》くようにしている。あそこに面川がいるのか。でも、この司会者は……と、安耶はちらりと思う。あまり、いい感じではない。何か妙だ。あの面川が、流暢《りゅうちょう》なぶん実《じつ》がないような、こんなプロの司会者を使うだろうか。彼ならば、それこそ俊介にでも進行役を頼んできそうなものだ。劇団のスタッフが、すべてお膳立てしたということだろうか。しかし、そもそも考えてみれば、いくら三十数年ぶりの帰国だといっても、こんなホテルで大げさに催すのを良しとする人だっただろうか。

「……じつは面川様におかれましては、今日、こちらへお出かけになる直前、突然の腹痛に見舞われ、医師の診察をお受けになっていたという次第でございます。幸い、お薬の処方で快方に向かわれましたので、先程、無事こちらに到着いたしました。皆様方には長らくお待たせいたしましたこと、重ねてお詫び申し上げます。では、面川さんにご登場願いましょう！」

腹痛。飛行機の中で、悪いものでも食べたのだろうか。でも、どうにもへんだ、と安耶は思う。司会者の喋《しゃべ》りかたのせいだけではない、不自然な、歪《ゆが》んだ感じが伝わってくる。

扉の向こうから最初にあらわれたのは、黒いタートルネックの青年だった。きっと劇団の若手だろう、青年はおずおずと会場を見渡すと、背中を向け、何かを引っ張り出すような動きをした。

それから、青年の手に繋《つな》がって、面川が出てきた。足でも悪くしているのか、面川の足取りはそうとうに覚束《おぼつか》なくて、そのうえ青年の補助をうるさがるように振る舞うので、ひどくぎくしゃくしていたが、安耶が愕然《がくぜん》としたのは、そのことではなかった。全体を見れば、面川は昔の姿をじゅうぶんにとどめていた。足のことをべつにすれば、ものすごく歳をとったという印象もない。変わったのは、顔だった。誰よりも理知的で、思慮深くて、ときに悪戯っぽく、意地悪く輝きもした瞳の面影は、どこにもない。そこにあるのはあまりにも無邪気な、幼児の表情だった。

面川は、長い時間をかけて、よちよちとマイクの前に進み出ると、

「モーが、戻ってまいりました」

と言った。言葉つきは足よりはしっかりしていた。

「すっかりお待たせしてしまって、すみません。お詫び申し上げますが、しかし、ただいま司会者殿が言ったことは偽りであります。じつは私、会場に着く寸前に、忘れ物に気がつきまして、家まで取りに戻っておりました」

曖昧《あいまい》な笑い声が起きる。家というのはどこのことだろうか。そもそも面川は自分の意志で帰国したのか、帰国せざるを得なくなったのか、誰かが、帰国するように手配したのか。事情はわかりようもないけれど、どうしようもなくわかるのは、面川はもう昔の面川ではない、ということだ。

面川は、緩慢な動作で身体を屈《かが》め、足元の紙袋から、スナック菓子のようなものを取り出して掲げた。

「スウェーデン名物、トナカイサラミ！」

紙袋を持って会場に進み出ようとするのを、さっきのタートルネックの青年が慌てて押しとどめて、自分がそれを持ってテーブルを回りはじめた。

各テーブルにひとつずつ行き渡る数が、紙袋の中に入っているようだった。安耶た

ちのテーブルにも置いていった。擬人化されたトナカイのイラストがついたパッケージで、茶色い干し肉のようなものが入っているのが見える。トナカイの肉でできたビーフジャーキーのようなものらしい。

「なかなかおつなものですよ。さあさあ、どうぞ、ご賞味あれ！」

マイクを通さずに張り上げている面川の声は、酔っ払いが歌っているみたいに聞こえた。俊介が袋からジャーキーを取り出して、ひとつを安耶に渡した。口に入れてみる。強い香辛料と、癖のある肉の味がした。俺はだめだ、と俊介が言った。そう言いながら噛《か》み続け、泣いていた。

父の水餃子

その日の朝、父と一緒にGFの散歩に行った。

朝八時に、父が僕を起こしに来た。

日曜の朝は、朝食の前に二人で犬の散歩に行くのが決まりだった。寝ぼけ眼《まなこ》で僕はそのことを思い出した。その習慣はずっと前に途絶えていた。その頃、父が週末も家を空けることが多くなっていたからだ。

GFもまだ眠っていたが、父が首輪にリードを付けると、興奮しておしっこを漏らした。GFは、父が床屋でもらってきた黒いむく犬だった。そのとき床屋で「ゴッドファーザー 愛のテーマ」が流れていたから、という理由で、父がGF《ジーエフ》と名づけたのだ。もっとも、GFという正式名称で呼んでいたのは父だけで、僕と姉は「ジー」と呼び、母はただ「犬」とか、「わんちゃん」とか呼んでいた。

八月、台風が近づいていて、空は朝なのに夕方の色をしていた。湿気が霧雨みたいに皮膚にまとわりついて、汗と混じった。家のそばの細い川に沿って、僕らは歩いていった。川はいつもより生臭かった。川に向かって、ああああ、と叫んでいるおばさんがいて、僕らが近づいていっても叫ぶのをやめようとしないので、GFは尻込みした。

僕らが通り過ぎると、おばさんは突然ぐるっと振り向いて、「こんにちは」とニッコリ笑った。僕らは曖昧《あいまい》に頭を下げた。

おばさんを後にして五メートルくらい歩いたところで、

「あれ、知り合い？」

と父が聞いた。それは僕らが一緒に出かけてから、はじめて発声された言葉らしい言葉だった。

「ううん」

と僕は答えた。それからまた五メートルくらい歩き、

「あれは、あれだな。なんかの健康法の一種だな」

と父が言った。

「知ってるよ」

おばさんは夕方にも叫ぶ。そのときは僕らの家に近いほうで叫ぶので、家の中にも

聞こえてきて、姉や母と話題にしたことがあったのだ。

「そうか、知ってたか。ならいいんだけど」

父は頷《うなず》いた。首にばねが入ったおもちゃの人形みたいに、いつまでも小刻みに頷いていたから、何か次に話すことを考えているんだな、と僕は思った。けれども父は結局、黙って歩き続けた。GFを引いて。GFは父がいることですっかり度を失っていて、やたらあちこちに鼻を突っ込み、川に落ちそうになったり、リードに絡まって動けなくなったりしていた。

父が橋の下をくぐって先に進もうとしたので、僕は注意した。

「ここが終点だよ。橋を渡って、向こう岸を歩いて帰るんだ」

「お？　そうだったっけ」

でも、もう少し先まで行ってみてもいいんじゃないか？　と父は言った。

「だめだよ、この先は、もうずっと橋がないんだ」

僕らは橋を渡った。父はまた小刻みに顔を揺らし続けていて、今度こそ何か言い出しそうだったが、そのとき向こうから、近所のおじさんがウォーキングをしながらやってきた。

「ああ、どうも」

「ああ、これは」

おじさんと別れると、父の足どりはこころなしかウォーキングっぽくなっていた。

僕は、父がおじさんにつられたんだと思っていたが、わざとそうしていたらしい。

わざとであることを示すために、僕に笑いかけた。僕は曖昧に笑い返した。父の大げさな手足の動きは、少しずつ、しずかに小さくなっていった。

家に戻ると、母と姉がすでに朝食を食べはじめていた。

僕がシリアルをボウルに入れている横で、父はガスレンジの辺りをうろうろしていた。

父が食堂から出ていきかけたとき、

「冷蔵庫よ」

という母の声が、ガラスの破片みたいに家の中を横切った。

「もう夏だから、こないだからアイスコーヒーを淹《い》れているのよ。冷蔵庫に入ってるわ」

ああ、そうかと父は答えた。父が探していたのは、ホットコーヒーが入ったサーバーだったのだろう。父はアイスコーヒーを注《つ》いだコップを持って、姉と母の前に座った。僕は父の隣だった。母は新聞を読み、姉は雑誌を読んでいた。父はテレビをつけた。

よせばいいのに、と僕は思った。母は食事どきにテレビの音がするのがきらいなのだ。そのうえどうしたわけか、テレビがついたとたん、ものすごい音が鳴り響いた。父は慌《あわ》ててボリュームを調整した。僕は母を窺《うかが》ったが、母はただ新聞をじっと睨《にら》んでいた。父はいろんな番組にチャンネルを替えた。それから消した。

テーブルの上のカゴに、いろんな種類のパンが三つ、四つ入っていた。父はその中の一つをとって、席を立った。すると母が、

「コーヒー、もう飲まないの？」

と聞いた。父のコップにはまだ半分くらいコーヒーが残っていたのだ。いや、飲むよ、と父は答えた。

「飲むの？」

「ああ。あとで飲む」

父は背中でそう言って、階段を上がっていった。でも、僕は知っていた。アイスコーヒーでもお茶でも、父が少し口をつけて放り出していったものは、結局そのままになる。数時間後に母が、舌打ちしながら、流しに捨てることになるのだ。

「舌打ちさせないでちょうだい」と母はいつも父に言っていたのに。

そのとき、僕は十歳だった。

大人たちが、子供に隠しごとをするのはもうわかっていたし、彼らが隠そうとしたところで、自分はたいていのことを知っている、と思っていた。

たとえば、自分の家が、貧乏ではないが、裕福でもないことを知っていた。僕自身は、さしたる不自由は感じていなかったが、この状態は、少なくとも母が望んでいるレベルではないのだと。母が、ほんとうは、もっと広い家――川沿いにちまちま並んでいる中の一軒ではなく、僕らの家を見下ろしている、高台にあるような家――に住みたがっているのを知っていたし、何かを食べたいとか、どこかに行きたいと思ったら、躊躇《ちゅうちょ》なくそうできるような暮らしをしたい、と望んでいることも知っていた。それができないのは、父のせいだと思っていることも知っていた。

僕は父がきらいではなかったし、母の考えを、不当だ、と感じることもあった。父が二つの仕事をかけ持ちして、朝から晩まで、ほとんど休みもなく働いていたのに対して、母は働かず、始終頭が痛くなって、家族の食事を用意できないことも多かったから。

ただ僕は、父は笑いすぎだと思っていた。父はどんなときでも、たいてい笑うだけなのだ。快活にはほど遠い、曖昧な、テーブルに置きっぱなしにされて氷が溶けて薄まったアイスコーヒーみたいな微笑み。

「大丈夫なの？」と母はよく父に聞いた。「大丈夫だよ」と父はぼんやり笑いながら答えた。「どこが？」「どうして？」と母はしずかな声に、怒りと苛立《いらだ》ちをどうしようもなく滲《にじ》ませながら言うのだった。

朝食のあと、僕は自分の部屋で宿題をしていた。

自分の部屋といっても、それは六畳間の真ん中をカラーボックスで区切った、右側の部分だった。左側には姉がいた。姉は僕よりふたつ上の十二歳。あいかわらず雑誌を読みながら、ヘッドフォンを付けて、ラジカセと繋《つな》がっていた。

父が僕の部屋に入ってきた。といってもそれは、姉の部屋に行くためだった——部屋にはドアがひとつしかないから、まず僕の領地に入り、カラーボックスと壁の隙間《すきま》から、姉のほうへ行くしかない。僕の机は、仕切りに向かって置かれていたから、カラーボックスとカラーボックスの間から、父が姉に話しかけているのが見えた。

姉は、雑誌から顔を上げず、ヘッドフォンも外さないまま、ぶんぶんと首を振った。

父がそこにいないかのように振る舞っているにしては、ひどく激しい振りかただった。

それから父は、僕のほうへ来た。

「GFの散歩に行かないか」

「さっき行ったじゃない」

僕はちょっとびっくりして言った。

「うん、さっき行ったけど、あれはちょっと、短かったと思わないか？　いつもあれくらいなのか？」

「ずっと前からあのコースだよ。それに、あんまり歩くと、ジーは帰り道、歩かなくなっちゃうんだ。おとうさん、覚えてない？　ずうっと前、向こうの橋まで行ったとき、帰りはおとうさんがジーを抱いて歩いたじゃないか」

僕はやや、むきになって言い返した。そもそも父の犬であるGFの面倒を、僕は文句も言わずに引き受けているのだから、仮にちょっと散歩の距離が足りないとしたって、責められる筋合いはない、と思ったのだ。

そうか、うん、そうだな。父は例の微笑を見せた。

「じゃあ、GFは連れていかなくてもいい。ちょっと、買い物があるんだ。付き合わないか？」

「宿題してるんだ。それに、もうすぐ昼ごはんだよ」

父の「買い物」というのには興味があったし、一緒に行きたくないわけではなかった。ただ僕は、事実を述べたのだ。昼ごはんが終わったら付き合うよ、と付け足せばよかったのだが、そこまで気乗りするわけでもなくて、躊躇しているうちに、父は部屋を出ていってしまった。


昼食は気まずいものだった。

姉は、「ダイエットしてるから」と、昼食を抜くことを宣言した(でも僕は、彼女がポテトチップスと麦茶のペットボトルを確保していることを知っていた)。姉に先を越されてしまい、僕は逃げ出すわけにはいかなくなった。あと三十分で昼食だという時間に出かけてしまった父——久しぶりに家にいるのに、ちっとも協調性がない父に、腹を立てているに違いない母と差し向かいで、焼きそばを食べなければならなかった。

「淳《あつし》には、ちょっと足りなかったわね」

母は言った。

「本当は今日の昼ごはんは、お好み焼きにするつもりだったのよ。でも、みんな揃わないから。一枚くらい焼いたって、粉が半端になっちゃうでしょう？　おかあさんは、そんなに食べられないし。焼きそばは、お好み焼きに入れるつもりで買ったから、一人前しかなかったのよ。あなた、これじゃ足りないわよね。おかあさんのぶんもおあがりなさい。どっちみちおかあさんは、そんなに食欲がないから」

「いいよ」

と僕は辞退したが、皿にちんまり盛られた焼きそばは、どんなにゆっくり食べてもあっという間になくなってしまい、結局母の皿から半分もらった。「やっぱりお好み焼き作ろうか」と母は言い、「いらないよ」と僕は慌てて、今度こそきっぱりと断った。腹いっぱいにはほど遠かったが、一刻も早くその場から解放されたかったから。

しかし、食べ終えてしまっても、鳥の餌《えさ》ほどの焼きそばをあいかわらず気怠《けだる》げにつついている母を残して、席を立つことはできかねた。僕は、麦茶をコップに注ぎ足したり、皿のすみに残っている青のりをかき集めて口に入れたりしながら、母が終わるのを待った。母はもの思いに耽《ふけ》っている様子で、焼きそばは遅々として減らず、僕が困っているのにも気づく気配はなかった。

母はそのときちょうど四十歳だったが、授業参観などで学校に来て、僕の同級生の母親たちの間に交じると、若いほうではないが、何というか、立派《りっぱ》に見える人だった。

同級生たちの間で人気だったのは、体にぴったりした丈の短いワンピースや、スリムジーンズを果敢に身につけてくる母親——もちろん、それらの服が似合っていることが必須《ひっす》条件だったが——や、アイドルタレントの誰かれに似ている母親たちだったから、僕の母が話題になることはなかったが、僕は心ひそかに、立派な母が自慢だった。そしてそんな母の良さに気づかない同級生たちを、子供だと思っていた。

僕のそういう気分は、多分に父の影響を受けていたのだと思う。当時でさえ、僕はそのことにおぼろげながら気づいていた。僕は、父が母の立派さを、僕と同じように自慢に思っていることを知っていた。母が父に苛立ったり、小言を言ったり、途中で言葉を途切らせて「もう」と溜息まじりに言い捨てて、部屋を出ていってしまったりするとき、父の微笑は幾分、悲しそうなものになる。すると僕には、（そんなに怒るのはやめてくれよ、こんなに自慢に思っているのに）という父の声が聞こえるような気がした。

ようやく母が食べ終え、汚れた食器を持ってシンクに立ったとき、父は帰ってきた。朝と同じように、台所をうろうろし、冷蔵庫も覗《のぞ》いてみてから、

「昼めし、ないのか」

と言うものだから、僕は心の中で溜息を吐《つ》いた。

「いらないって言ったじゃないの」

母はシンクから振り向かず、しずかな声で言った。

「いらないなんて言ってないよ」

「言ったわ」

「言ってないと思うけど……いや、いいよ。ないなら、いいよ」

父はあらためて冷蔵庫を開けた。食料を漁《あさ》るのかと思いきや、買ってきたものを中に詰めはじめた。

父は、スーパーマーケットの袋をふたつ、提げて帰ってきたのだ。何を入れているのかわからなかったが、よけいなものに決まっていた。卓上流し素麵機《そうめんき》とか、コンパクトルームランナーとか、父がなけなしの小遣いで買ってくるものは、いつだって母がきらいな、よけいなもの——安っぽくてすぐ壊れるもの——なのだ。

「いったい何を買ってきたの？」

母の声と同時に、僕はその場から立ち去った。

僕は自転車に乗り、近くの団地へ行った。団地には同じクラスの友だちが何人か住んでいる。

最初に訪ねた友だちの家は、呼び鈴を鳴らしても、誰も出てこなかった。夏休みだから、家族で旅行にでも行っているのかもしれない。実際のところ、僕はちょっとほっとした。友だちとさほど遊びたいわけではなかったからだ。

でも、だからといって、どうするあてもなかった。結局、二人目の友だちを訪ねた。彼はいて、スケートボードを持って出てきた。僕らは団地内の大きな公園に行った。そこには、幼い子供用の、幅の広い、なだらかな滑り台があって、僕らは——禁止されていたが——スケートボードの技を磨くことができた。

僕らができるのは、勢いをつけてボードを漕《こ》いできて、滑り台を遡《さかのぼ》ることだった。ボードを抱えて滑り台に上り、てっぺんから滑り降りるのは、六年生でもなかなかできない。遡ることにかけては、僕はいつも遊ぶ同級生の中では、いちばん高いところまで上がれた。でもその日、僕は、友だちに先を譲った。

「僕はあとでいいよ」

そう言って、鉄棒にもたれて、友だちが滑るのを眺めていた。雨はまだ降っていなかったが、あいかわらず空は暗く、風呂の中のようにむし暑く、公園にはほかに誰もいなかった。蟬《せみ》の声にスケートボードの音が混じった。しゃわしゃわ、ジャーッ。しゃわしゃわ、ジャーッ。

「やれよ、淳。何かっこつけてんだよ」

呼ばれて、僕は、のろのろと体を起こした。ぼんやりとスケートボードを受け取って、さしたる決意があったわけではなかったのだが、滑り台の階段を上っていった。

「オェオェオェ」

友だちが奇声を上げた。彼同様に、僕自身も戸惑っていた。てっぺんまで来てはじめて、たとえ幼児用の滑り台でも、スケートボードで滑り降りるには途方もない高さだ、ということに気がついた。

僕は、ボードを抱えて階段を下りようと思った。通常なら、格好悪さに泣きそうになるに違いない、そんな行動も、平気でできる気がした。その日、僕は、あきらかに、自分が友だちとはべつの場所にいることを感じていた。それがなんだかはわからなかったが、彼らが知らないことを知っているように感じ、自分が誰よりもずっと大人であるように感じていた。

しかし、方向転換しようとしたそのとき、僕は父を見た。

滑り台がある一角の隣に、大きな砂場をベンチと木立が囲んでいる広場があって、父は一本の木の下に立っていた。携帯電話をかけている。

父の顔は電話を持っている腕の向こうにあったから、表情はよく見えない。こちらには、まったく気づいていない。むしろその木の下が父にとっての全世界であるというふうに、電話の向こうの誰かと喋《しゃべ》っている。

父が携帯電話を持っているのを見たのははじめてだった。母は父に持たせたがったが、ああいうものを持っているとどこまでも仕事が追いかけてきそうでいやなんだ、と父は言っていた。父は、とうとう携帯を持つことにしたのだろうか？　あれは購入したばかりの携帯で、今、試しに母にかけてみているのだろうか？

しかし、そうではないことが、僕にはなぜかわかった。僕はボードに飛び乗ると、滑り台を滑降した。


結局のところ、僕は何かを感じてはいたが、何もわかってはいなかった。

僕は家族の中では、たんなる小さな子供だった。姉は、ちゃんとわかっていたのだと思う。あの日、姉は、ほとんど一日中ヘッドフォンを離さなかった。

僕の最初の滑降は、見事に成功したが、二度目、三度目はあまりうまくいかなかった。そうしている間、僕はなるべく父のほうを見ないようにしていて、気づいたときには父の姿はなかった。

夕方になり、大きな紫色の痣《あざ》ふたつと、小さな切り傷幾つかとともに、僕が家に帰ると、父は台所にいた。いつもなら母が夕食の仕度をしている筈《はず》の場所に立ち、秤《はかり》の上にのせたボウルにそろそろと小麦粉を入れていた。

「よう。おかえり」

父は、小麦粉を入れ終えてからおもむろに振り向いた。

「今晩は水餃子《すいぎょうざ》だぞ」

「水餃子？」

「うん。皮からこねて作るんだ」

乞うご期待、と言って父は笑った。いつもの微笑より幾分くっきりした笑顔に見えた。

父が料理をするとは青天の霹靂《へきれき》だった。僕が知るかぎり、父は目玉焼きひとつ自分で作ったことはなかった。食事にかんして、父にできることがあるとすれば、コンビニの弁当を買ってくることくらいだった。その父が水餃子を作る？

僕は母のほうを窺った。母は居間で、テレビを観ていた――というより、つけっぱなしのテレビの前に座っていた。僕の視線に気づいて、ちらっと顔を上げたが、何も言わなかった。もうさんざん何か言ったあとの顔をしていた。ひどく疲れているように見えた。だから僕は、今日、父が水餃子を作る理由を聞くことができずに、そそくさと自分の部屋へ行った。

雨音が聞こえてきて、どんどん激しくなっていった。僕はカラーボックスで半分に区切られた窓辺へ行って、大粒の雨が世界を容赦なくずぶ濡《ぬ》れにしていく様子を眺めた。

「おーい、できたぞう」

とようやく父が呼んだときは、いつもの食事時間を大幅に過ぎていて、もう八時近かった。

食堂へ行くと、ぶわんとした小麦粉の団子のようなものを山盛りにした鉢を、父が台所から運んできたところだった。と、玄関に入れてもらっているGFが吠える声がして、呼び鈴が鳴った。

「あ」

と父が棒立ちになり、母もテレビの前で立ち上がった。強《こわ》ばらせた顔を見合わせたまま、両親はなぜか、どちらも動こうとしなかった。

結局僕が玄関へ行った。ドアを開けると、黄色いTシャツを着た太ったおばさんが立っていた。一瞬後、川縁《かわべり》でああああ、と叫んでいたおばさんだと気づいた。おばさんはずぶ濡れだった。

「お家の中を見せてくださるというのはこのお宅でいいのかしら？」

「え？」

「お家の中を見せてくださるというのはこのお宅でいいのかしら？」

雨音にまけじとおばさんは声を張り上げて繰り返した。ようやく母が玄関にやってくると、おばさんは母に向かって、三度同じことを言った。

「うちじゃありません。お引越しするのはお隣ですよ」

母がそう答えると、おばさんは、猛然と喋りはじめた。自分は隣の家を買おうと思っていて、今日、家の中を見せてもらう約束をしていたこと。しかし隣の家は今、なぜか留守であること。外はひどい天気であること。

「このお家と、お隣は、同じ分譲住宅ですよね？　間取りも同じなんじゃありませんか？　ほんの数分で結構ですから、お宅を見せていただけると、とても助かるんですけど」

呆然《ぼうぜん》とした母の顔に、ふっとべつの表情が混じるのを僕は見た。

「じゃあ、どうぞ」

小皿に醬油《しょうゆ》を注ぎ分けていた父は、おばさんが入ってきたのを見てぎょっとした顔になった。間取りをご覧になりたいんですって、と母が短く説明する。おばさんは、父に向かってにっこりと会釈し、太った体をテーブルや椅子《いす》にぶつけながら狭いところを抜けて、ああこっちが台所、などと呟いたりした。おばさんが通ったあとは、ナメクジが通ったあとのように濡れた。

冷めちゃうよ、と父が小声で囁《ささや》くと、母はあからさまな音量で「いいわよ、私たちは食べましょう」と言った。ええどうぞどうぞ、おかまいなくお食事なさって、すぐに帰りますから。僕らの部屋のほうへ行こうとしているおばさんが、聞きつけて叫び返した。すでにテーブルに座っていた姉が、何か文句を言うのではないかと僕は思ったが、姉は水餃子の山にじっと目を据えて黙りこくっていた。目に見えないヘッドフォンを、今も装着しているとでもいうように。

僕らは父の水餃子を食べはじめた。誰も口を利かなかった。最初、父が一言二言何か——餃子の中身についてとか、皮作りの苦労についてとか——言いかけたが、みんながほとんど無反応だったので、口を閉ざしてしまった。

雨音ばかりがひどく大きく聞こえた。その合間に、箸《はし》が皿にあたる音や、椅子を引く音、ときおり、僕らの家を見学しているおばさんの「ああー」「ふうーん」というような声が聞こえてきた。僕らはまるで、僕らのほうが闖入者《ちんにゅうしゃ》であるかのように——モデルハウスに入り込んで食事している家族みたいに——息を詰めながら食べ続けた。

すぐ帰りますと言ったおばさんは、結局のところ、どのくらい僕らの家にいたのだろう？　餃子の味同様、時間の感覚も曖昧なのだが、とにかくおばさんが「ありがとうございましたあー」と調子外れな声を上げたとき、鉢の中の餃子はあらかたなくなっていた。でも、あの水餃子が、おいしかったのか、おいしくなかったのか、僕は今でもさっぱり思い出せない。

誰も何も言葉を返さず、おばさんは勝手に出ていった。ドアが閉まるがちゃんという音がしたが、誰も席を立たなかった。ドアに鍵をかけなきゃ、と僕は思った。家に誰かがいるときでも、ドアには鍵をかけておきなさい、といつでも母から言われているのだ。それに今夜は台風なのだから、鍵をかけに行ったほうがいい。だがそれは僕ではなくて、母がするべきだろうか？　今僕が立ち上がったら、母はいやな気持ちがするだろうか？

僕は母を窺った。そうして、母が泣いているのを見た。

台風は夜のうちに通り過ぎた。翌朝、父は家を出て行った。

早朝、たぶん午前四時か五時頃、僕らが目を覚まさないうちに、いなくなった。G

Ｆは僕ら同様、連れていってもらえなかった。

おとうさんはしばらくべつの家で暮らすことになったのよ、というのが、母が僕にした説明だった。しかし父は、それからもう二度と僕らの家には戻ってこなかった。

ただ電話は、幾度かかかってきた。僕と姉とがかわるがわる電話に出て、近況を短く話すと、今度一緒に飯を食おう、と父は言うのだったが、結局会うことは一度もなかった。僕が二十二のとき、父は病気で死んだ。女の人からそれを知らせる電話があった。

だから水餃子の日のことは、父の最後の思い出だ。水餃子を食べると、あの日のことを思い出す。そうして、あの日以来、どんな水餃子を食べても、それがおいしいのか、おいしくないのか、僕にはどうにもよくわからない。

目玉焼き、トーストにのっけて

初体験をすませた朝は、ぎらぎらの快晴だった。

ベーコン・エッグの匂いがした。一瞬、どこにいるのかわからなかった。隣で勇二がみじろぎし、可奈《かな》は慌てて、背中を向けた。

しばらくそうしていたら、勇二の手が伸びてきて、胸を触った。「エッチ」と叫んで振り向くと、「おはよう」と勇二は言った。

「おはよう」

と可奈は微笑んだ。勇二と同じくらい、やさしく微笑めているといいなと思う。それからまた、セックスをした。まだ少し痛かったが、幸福だった。もしも昨日と同じくらい痛くても、勇二がしたいなら、何回だってさせてあげたいと思う。

「お腹空《す》いちゃった」

終わってから、少し照れて、可奈は言った。

「飯、食ってから出かけよう」

勇二の家は、可奈の家よりずっと大きくて、二階にもトイレとバスルームがある。シャワーを借りて、大きな鏡の前で、念入りに化粧することができた。昨日の夜、寝巻きがわりに勇二から借りて着ていたTシャツを脱ごうとしたら、「着てけばいいじゃん」と言われたので嬉しくなった。Tシャツは白で胸にピンクの文字で「MAD LOVE」と書いてある。

勇二のあとから階段を下りていくと、テレビドラマに出てくるみたいな広くておしゃれなリビングに、勇二のおとうさんとおかあさんがいた。おとうさんまでいるのは、夏休みだからだろうか。ぎょっとしたように可奈を見て、けれどもすぐにその表情を引っ込めて、「おはよう」となんでもなさそうな声で言った。

「おはようございます」

可奈は礼儀正しく挨拶《あいさつ》を返し、勇二に従って、ダイニングのテーブルについた。勇二はカウンターの向こうのキッチンで、何かごそごそしている。やがていい匂いがしてきて、勇二はコーヒーポットと、ベーコン・エッグの皿をふたつ、運んできた。ベーコン・エッグは厚切りのトーストの上にのっかっている。

「可奈はこっち」

と渡してくれた皿の卵はできたての熱々だったが、もうひとつのほうは冷めているのがわかった。きっとおかあさんが、さっき、勇二のぶんだけ焼いておいたのだろう。勇二は可奈のためにもうひとつ焼いてくれたのだ。

端から切って食べようとすると、「ちっちっち」と勇二はナイフを取り上げた。「こうやんの」と慎重な手つきで、半熟の黄身の真ん中にナイフを入れた。卵と一緒にパンを一口サイズに切って、とろっと流れ出した黄身に浸して、可奈の口に入れてくれる。

「やばーい。おいしい」

「だろ?」

「勇二もこっち食べなよ。そっちのはもう、黄身がかたまっちゃってるじゃん」

「いいの、いいの。全部食えよ」

ふと、視線を感じて顔を上げると、勇二のおかあさんが、こっちを見ていた。可奈と目が合うと慌《あわ》てたように、

「ごめんなさいね。卵ひとつしか焼かなくて。お友だちが来てるって知らなかったから……」

と言った。何か答えるべきだろうかと思ったが、勇二が無視しているので可奈も

頷《うなず》くだけにした。勇二の家は、可奈の家に比べて断然お金持ちであるのは間違いないが、親っていうのはどんな家でも同じなんだな、と可奈は思う。目の前にいる勇二や可奈じゃない、透明な誰かに向かって喋《しゃべ》っているみたいに思えるところも、話の内容にかかわらず全部嘘《うそ》に聞こえるところも。

「おじゃましましたー」

出ていくとき、勇二は明るい声でそう言った。

目的地は決まっていた。

こんなに朝早いのに、勇二とは昨日会ったばかりなのに、もう、ちゃんと行き先が決まっているのだ。そのことが可奈には驚きで、ひどく嬉しかった。

駅まで来ると、可奈はバッグから、赤い表紙のノートを出した。それはもともと勇二のノートだった。昨日、いろんなことを書き留めておく必要ができたとき、勇二が机の抽斗《ひきだし》の奥から引っ張り出した。去年、中一のときに、付き合っていた彼女と交換日記をしていたというノートだったが、日記が書いてあるページを、勇二はためらいもなくやぶって「これ、使おうぜ」と言った（日記が書いてあるのはほんの数ページだった。その彼女とは一ヶ月で別れたそうだ）。

昨日、調べた電話番号が、ノートにはメモしてあった。携帯電話だとこちらの番号が記録され、後々面倒なことになるかもしれないから、公衆電話を使うことにした。二人でボックスに入って、勇二がかけた。勇二は可奈が感心するほど真面目な、ちゃんとした言葉遣いで喋りながら、ときどき可奈に向かってふざけた顔をしてみせるので、可奈はくすくす笑った。とうとう勇二はピースサインして、電話を切った。

「十時に茶店《サテン》で待ってるってさ。俺に会えるのが楽しみだって」

二人で笑った。

午前九時、気温はもうじゅうぶんに高かった。記念すべき夏休み。最高の夏。勇二が、可奈の手を取った。手を繋《つな》いで電車に乗った。がらがらだったが座らず、ドアに並んでもたれて、ずっといちゃいちゃしていた。

隣の車両に座っている制服姿の女の子たちが、ちらちらこっちを見ている。見たことがない制服だが、可奈と同じ中二か、中三くらいだろう。可奈は、自分がぐんと大人になった気がした。必ずしも、もうバージンでなくなったからじゃなくて、きっと勇二と一緒にいるせいだと思う。

指定された喫茶店は、駅前にあったのですぐわかった。ショーケースにケーキなんかも並んでいる広くて明るい喫茶店。勇二の小学校の時の担任は、窓際の席で待っていた。五十歳くらいの、ニワトリみたいな顔のおばさんで、もちろん、勇二が一人で来ると思っていたのだろう、可奈を見て、ぎょっとした顔になった。

「島先生。お久しぶりです」

勇二は礼儀正しく挨拶し、可奈もぺこりと頭を下げる。ニワトリの向かいの席に、並んで座った。

「こんにちは、海藤《かいどう》くん。突然の電話だったから、びっくりしたわ。卒業式以来だから、何年ぶり？　二年ぶり？　すっかり中学生らしくなったわね。ずいぶん背が伸びて。そちらはお友だち？　妹さん？」

「彼女です」

「あら、ま。彼女？」

ほっほっほとニワトリは笑ったが、勇二も可奈も笑わなかった。実際、おかしくも何ともない。

ウェイターが来て、勇二はアイスコーヒーを注文した。可奈がクリームソーダを頼むと、ニワトリはちょっといやな顔をした。

「じゃあ、相談って、彼女とのこと？」

「いや、違います」

「どんなことかしら……私がお役に立てればいいんだけど。それは、中学の先生方には、相談できないことなのね？」

「ええ、そうなんですよ。島先生じゃないとだめなんです。トラウマにかんする相談なんで。島先生のせいでしょったトラウマなんで」

ニワトリは眉《まゆ》をひそめた。なぜか首を伸ばして、辺りをきょろきょろしはじめたので、いっそうニワトリそっくりになった。

それから勇二が話し出したことは、昨日、可奈はすでに詳しく聞いていた。小学校五年生のとき、勇二のクラスで、ある女子の体操着がびりびりに破かれる、という事件が起こったのだが、勇二はニワトリから、犯人の濡《ぬ》れ衣《ぎぬ》を着せられたのだ。

昨日の午後五時から七時の間に、自分の家にいなかった人、手を挙げてください。ニワトリは、そんなふうにはじめたそうだ。十五人ほどが手を挙げた。その中で、塾や、習い事に行っていた人は、手を下ろしてください。七人が残った。その中で、家族と一緒だった人は、手を下ろしてください。勇二だけが残った……。

「俺、真正直にずっと手を挙げてたんですよ。その時間、塾に行ってなかったのも、家族と一緒じゃなかったのも、本当だからね。まさかそれで自分が犯人扱いされるとは夢にも思わなかったから。手を挙げてんのが俺一人になると、はい、よくわかりました、って先生は言ったよね。はい、よくわかりました。それでぷっつりその一件は終わりになった。ていうか先生が終わりにしたんだ。犯人は俺だって、みんなに思わせて。弁解もさせてくれずに。むちゃくちゃな捜査方法だけど、小学五年なんてガキだからね、みんな俺が犯人だって信じたよ。俺だって、もしかしたら俺やったのかなって、あやうく信じるところだったもんね」

くくく、と勇二は笑ったが、可奈は昨日と同じに、涙が込み上げてきた。勇二がかわいそう。かわいそうすぎる。泣きながらニワトリを睨《にら》んでやった。ニワトリは呆然《ぼうぜん》としている。

「……何を言ってるのか、先生よくわからないわ。私は、生徒を犯人扱いしたことなんかありません。海藤くん、何か勘違いというか、誤解をしてるんだと思いますよ」

「覚えてないって言うんですか」

「覚えていますよ。でも、あなたが考えているような出来事じゃなかった。そう言ってるんです。あなたもさっき言っていたように、まだ子供だったから、間違った受け止めかたをしてしまったのよ。そんなふうに受け止めさせてしまったことは、謝らなければいけないのかもしれないけど……」

「ふーん。ま、予想通りの反応だね」

今度は声をたてずに、勇二は笑った。

「謝ってもらいたくて来たんじゃないよ。ひとつ、どうしても聞きたいことがあったんだ。先生はあのとき、はなから俺が犯人だと思ってましたよね。ていうか、あのとき先生が考えた質問は、全部俺を犯人にするためのものだったんですよね？」

「何を言ってるの。そんなことあるわけないでしょう。先生は……」

「うん、先生は」

勇二は穏やかに遮《さえぎ》った。横顔が素敵だ。ぞっとするほどかっこいい。

「俺がきらいだったんでしょう？　どうしてきらいだったんですか？　それだけ教えてくださいよ」

喫茶店を出ると、勇二は駅とは反対の方向へ歩き出した。

お尻の半分まで落として穿《は》いているジーパンのポケットに手を突っ込んで、ゆらゆらと歩いていく。可奈は不安になった。ニワトリを追いつめているうちに、勇二はあらためて傷ついてしまったんじゃないだろうか。

――と、勇二がくるっと振り向いて、

「決まってた？」

と、ニッと笑った。決まってた、すっごい、かっこよかったよ。熱いお湯みたいな幸福がまた押し寄せてきて、可奈は顔中で笑顔を返した。

その町のマックで、昼食を食べた。勇二は可奈に、ビッグマックとアップルパイとコーラをおごってくれた（じつのところ、可奈の所持金はあと千円とちょっとしかない）。可奈を座らせ、カウンターに並んでくれている勇二の背中を、可奈はうっとりと眺めた。勇二は、昨日と同じ、黒いTシャツを着ている。サングラスをかけて葉巻をくわえた銀色のミッキーマウスが三匹、背中に並んでいる。

昨日ゲームセンターで、ピンボールマシンを思いきり揺さぶっているこの背中を見たときから、予感はあったのだ。声をかけたのは可奈のほうからだった。それから、勇二の家へ行ってセックスするまでに、それにセックスしたあとも、二人はそれぞれの十三年間について、互いに話せるだけ話した。話しても話しても話したりなかった。忘れていたことも思い出して話した。

そのうち自然に計画が生まれた。ああ、そんとき俺がそばにいたらなあ。俺たち、同じ学校だったらよかったのにな。勇二のそんな言葉からはじまったのだ。わくわくする計画だった。タイムマシンに乗って、二人が一緒じゃなかった日々を、二人のものとして取り戻すのだ。

「泣かせちゃったね」
ハンバーガーの最初の一口を飲み込んでから、可奈が言うと、
「まあね」
と勇二は答えた。なんだかぼんやりした表情だった。「泣かせちゃったね」という
あたしの言葉が、後悔してるみたいに聞こえたのかもしれない。可奈はそう思って、
「いい気味だよね」
と付け足すと、
「泣くのがいちばん簡単だからな」
と勇二は言った。
「泣きゃあ済むと思ってんだよ。今頃はさっぱりして、ざるそばでも食ってんだろ」
ニワトリは泣きながら、ごめんなさい、ごめんなさい、と謝った。泣きはじめてか
らはごめんなさいしか言わなくなった。勇二はもしかしたら、ニワトリが自分のこと
をきらいだったのかどうなのか、その答えを本当に知りたがっていたのかもしれない。
それとも、と可奈はさらに考えた。ニワトリの「ごめんなさい」は、本当に勇二に
すまないと思っているというよりも、ビッグマックに今ならポテトがついてくる、み
たいに、泣くのとごめんなさいがセットになっているからそう言っているみたいにあ

たしには思えたけれど、勇二には「私はあんたが言う通り、あんたがきらいだったのよ、ごめんなさい」というふうに聞こえたのだろうか。やっぱり俺はきらわれてたんだと思って、勇二はちょっと落ち込んでたりするのだろうか。

あんまり考えたので可奈はむずかしい顔になっていたらしく、

「どした？」

と今度は勇二が、心配そうに覗《のぞ》き込んだ。

「あー、うん、どうもしないよ。ていうか」

可奈は慌てて笑顔を作った。

「本当の犯人、いるわけだよね。そいつは今どこで何してんのかな、とか思ってたの」

「そいつは今ここで、可奈の顔を見てる」

「えっ」

可奈がびっくりして勇二を見ると、

「なーんつってな」

と勇二は、両手で作ったピースサインで、自分の頬をぐりぐりこねまわしながら、笑った。

その家の縁側に、黄色いカナリアはまだいた。

ここに通っていたのは小四から小五までだから、この鳥は少なくとも五年は生きているわけだ。小鳥ってそんなに生きるんだっけか。どこか体から遠いところで、可奈は思う。

狭い庭にはあいかわらず所狭しと草花の鉢が置いてあり、通された畳の部屋は漢方薬の匂いがして、うんざりするほど暑かった。

「ここんち、なんでエアコンねえの？」

お茶を運んできた塾長が「ちょっと待っててね」と再び奥へ引っ込むと、勇二はひそひそと可奈に聞いた。

「人間は、暑いときには汗をかくのが自然なんだって」

「あー、そっち系か」

勇二がグラスのお茶を飲もうとしたので、可奈はとめた。

「やめたほうがいいよ。それ麦茶じゃなくて、大根とかしいたけとか煮た汁だから」

「うえ。……ここって、可奈の親が探してきたの？」

「うん。たぶんネットで見つけたんじゃないかな。ネットでやってる、登校拒否児の親の会みたいなのに、始終繋いでたから」

ゼロ塾、というのがこの家の名前だった。小学生から中学生まで、学校へ行かなくなった子たちが、毎日何人かごろごろしていた。

ゼロは何にもないって意味じゃないですよ。何にでもなれるって意味なんです。新しい子が、親に連れられてやってくる度、塾長が演説するのが、隣の部屋から聞こえてきた。

「やあ、待たせてごめん」

塾長はアルバムを二冊抱えて戻ってきた。四十歳くらいの冴《さ》えないおやじで、あの頃肩まであった髪を今はスキンヘッドにして、髪がなくなったかわりに口髭《くちひげ》を伸ばしている。アロハシャツを着ているのは昔のままだ（塾長は、アロハシャツコレクターで、冬でも着ていた）。

「可奈、いい女になったなあ。彼氏までできたんだなあ。訪ねてきてくれて嬉しいよ」

塾長は喋りながら、アルバムを広げる。

「彼氏にも、見せてあげたくてさ。ほら、こんなにちっこかったんだぞ、おまえ」

貼ってあるスナップのところどころに、可奈が写っていた。近くの川原でのキャンプ、花火大会。縁側で、座布団を枕にして寝転がっていたり、今いる座敷で鍋《なべ》を囲みながらピースサインしているのもある。

どの写真の中の可奈も、嬉しそうにニコニコ笑っている。ばかみたい、と可奈は思うが、実際、ここに来るのはきらいじゃなかった。あの頃通っていた子の中では、可奈が最年少だったが、違う学校の、年上の子たちとは、小学校の同級生たちとよりよほど気が合った。少なくとも学校に行くより、ここにいるほうがましだった。

国語や算数は、塾長が教えてくれた。塾長の教えかたは面白くて、わかりやすくて、好きだった。というか塾長のことも好きだったのかもしれない。けれども、ある日を境に、ここに来るのをやめてしまった。それは一冊の本のせいだった。

やっぱり夏休みだった。夏休み中に読んでごらん、と塾長が言ったのだ。外国の人が書いた、大人が読むような小説の本だった。でも、可奈ならぜったい読めるよ、きっと面白いって思うよ、と塾長は言った。でも読めなかった。読もうとしたのだが、何だかあんまり面白くなくて、もう少しがまんして読んでいれば、面白くなりそうな気もしたのだが、根気が続かなかった。

それで、約束の日、「読んだ」と嘘を吐《つ》いた。読んだ？　えらいぞ。面白かっただろう？　と、嬉しそうにその本のことを話す塾長に、ぼんやりした相槌《あいづち》しか返せなかったから、嘘はすぐばれてしまった。なんだ、読んでないのか。塾長は薄く笑った。その瞬間、ここに来たくなくなった。

でも、そのことは、勇二には言っていない。

勇二に話したのは違うことだった。

「いやらしい顔すんじゃねえよ、おっさん」

突然、勇二が、別人みたいな声を出した。塾長が、ぎょっとした顔で身を引く。

「なれなれしく可奈とか呼ぶなよ。このロリコン野郎が。てめえのせいで可奈がどんだけやな思いしたかわかってんのかよ。男性恐怖症になっちまって、いまだに一人で電車に乗れないんだぜ。急に息できなくなって倒れたりすんだぜ。全部、ここにいる間、てめえにねとねと舐《な》めるみたいに見られてたせいなんだよ。可奈はここしかいる場所がなかったからがまんしてたんだよ。それがわかってて、てめえ、ペットみたいに扱ってたんだろ」

驚愕《きょうがく》の表情を塾長は可奈に向けた。まったく同じ顔を可奈もしているに違いない。

勇二すごい、と可奈は思う。

昨日、「塾長からいやらしい目で見られた」とたしかに言った。事実あの頃、「塾長は可奈ちゃんにアヤシイ」という噂《うわさ》がたったことがあったのだ。当時の可奈自身は、そんな噂を聞いても、ばっかみたいと気にも留めていなかったのだが、塾長から「なんだ、読んでないのか」と薄く笑われたことを勇二に打ち明けたくなかったので、そのかわりに、そっちを話した。話しているうち、次第に、こっちが本当だったような――塾に行かなくなったのは、塾長がいやらしかったせいだったような――気がしてきたのも事実だが、でも、一人で電車に乗れないとか息ができなくなって倒れるとかは、完全に勇二の創作だった。

「可奈が、そう言ったのか？」

塾長の声は震えていたが、その表情は「読んでないのか」と薄く笑ったときとどこか似ている気が可奈はした。

「ほかに誰が言うんだよ、まぬけ」

「本当か？　可奈」

塾長にじっと見つめられ、可奈は決然と頷いた。その瞬間、いろんな色が混ざり合っていた体の中が、真っ赤になった。真っ赤。でなければ、真っ黒かもしれない。とにかく塗りつぶされたみたいになった。そっちのほうがいい、と可奈は思う。そっちのほうが簡単だから。

「甘ったるい声出すんじゃねえよ、おっさん。どう責任取るんだよ？」

勇二が、どすの利いた声で凄《すご》んだ。

午後六時、外はまだじゅくじゅくと暑苦しくて、それでも町にはあいかわらず人が溢《あふ》れている。

二人は繁華街の雑踏を歩いた。ゲームセンターで二時間ほど遊んで、出てきたところだった。人集《ひとだか》りがしているので近づいてみると、ラブホテルの二階の小さな窓の、窓格子の隙間《すきま》から、男の人が手を伸ばして、わけのわからないことを叫んでいる。韓国人？　いや、ありゃあ中国語だろう。誰か警察、呼んでやったほうがいいんじゃない。ばか言え、プレイだよ、あれは。プレイ。へえ。あんたは普段そういうことやってんだ。おいおい……。

無責任な言葉を言い交わす野次馬の中に、二人もしばらく立っていた。異国の言葉で、男はまた何かべつの単語を叫びはじめる。切迫した調子は変わらず、むしろいっそう差し迫った響きを帯びてきたが、見物人は一人減り二人減りしていった。行こっか、と勇二も言った。

「腹、減らね？」

「減ったー」

ゲームをしている間、コーラやジュースやスナック菓子を漫然とお腹に入れていたので、じつのところそれほど空腹ではなかったが、可奈はそう答えた。

「可奈は、何食いたい？」

「うーん何かな。やっぱ肉かな」

「よっしゃ。乗った」

お金はまだじゅうぶんあった。さっき塾長からもらったからだ。アルバムを取りに行ったときのように奥に引っ込んで、むきだしのお札を持って戻ってきた。これ持って帰ってくれ。テーブルの上に、放り投げるように置かれた一万円札は三枚あった。

雑居ビルが並ぶ小路を、店の看板を見上げながら歩いた。可奈は適当と思える焼き肉屋を何軒か見つけたが、勇二が思い浮かべている店とは違うようだった。

ようやく勇二は、「ここ、どう？」と、すすけた鉛筆《ペンシル》ビルの入口を指さした。「ステーキハウス　れもん」という小さな看板。

地下一階、空色に塗った木製のドアを押すと、鉄板が嵌《は》め込まれたカウンターだけの店内には、まだ一組の客も座っていなかった。客席で新聞を広げていた、赤いTシャツを着た瘦《や》せた男が気怠《けだる》げに振り向き、一瞬、怪訝《けげん》そうな顔をしたあと、「いらっしゃいませ」と呟いた。

「ビール」

カウンターの中央に並んで座るとすぐ、勇二は言った。

店の男はやはり一瞬、眉を寄せたが、結局黙って瓶ビールとコップをふたつ、メニューと一緒にカウンターに置いた。

勇二は可奈のコップにビールを注《つ》いでくれた。可奈は、じつのところビールを飲むのははじめてだった。「イエー」とグラスを合わせて、勇二がごくごく飲むから、可奈もそうしてみた。どうってことない、と思う。

「えーと、このスペシャルロースのコースふたつください。どっちもライスで」

メニューを見て、いちばん高いコースを頼んだ。店の男は「スペシャルふたつ」と小声で復唱すると、そそくさと店の奥に入っていった。そちらをしばらく見送ってから、

「あれ、俺のおやじ」

と勇二は小声で言った。

「おやじって、おとうさん？」

「そう。本当のおやじ。あいつの種《たね》で、俺ができたの。家にいたのは二度目のおやじ」

「マジ？」

「マジマジ」

勇二は楽しそうに笑って言う。証拠、見せてやるよ。

「おじさーん。追加、お願いしまーす」

男が消えた奥に向かって、ごく明るい声を勇二は投げる。

「目玉焼き、ひとつ焼いてくださーい」

両手に厚切りの肉をぶら下げた店の男が、何事だという顔で戻ってきた。

「メニューにないものは、ちょっと」

「いいじゃん。焼いてよ」

「……別料金になりますけど」

「あ、そうなんだ。そういうこと言うんだ。じゃあいいよ、別料金で。そのかわり、目玉焼きはトーストにのっけてよ」

「トースト……」

男は、救いを求めるように可奈を見る。勇二に全然似てないじゃん、と可奈は思う。だいいち、勇二のおとうさんというには若すぎる。

可奈にはほかにも幾つかのことがわかっていた。この店は、間違いなく、たまたま見つけた店であること。たぶん、勇二は、一人か二人で切り盛りしているような店を探したのであろうこと。まずビールを注文してみて、店の男がどんな反応をするかを窺ったのであろうこと。

「トーストは厚切りね」

でも可奈は男にそう言った。

「トーストにするようなパンはうちには置いてないんですよ」

男は、懇願するような声を出した。

「買ってくりゃいいじゃん」

可奈と勇二の声が揃った。勇二が可奈を見て破顔する。胸に溢れてきたものを、やはり幸福だと可奈は思おうとする。

ベーコン

報《しら》せることを二つ携え、半年ぶりに山に登った。なだらかな山をぐるぐる車で走っていくと、海が見えたり、また見えなくなったりした。海沿いの小都市に住んでいるが、普段は海を見ることはない。海の色が紺に近いのは、もう冬に近いからだろうと思った。

何もない山だった。車が通れる道ができているのが不思議なくらいだ。やがて林が開けて、広々した草地のそばを走るようになる。羊がいたので驚いた。半年の間、沖《おき》さんの時間が着々と経っていたことを思った。もちろん豚たちもいた。放し飼いにされているので、好き勝手に寝転がったり泥にまみれたりしている豚たちの向こうに、沖さんの姿が見えた。

沖さんは、柵《さく》を作っている最中だったが、その手を止めて、立ち上がって、私の車をじっと見た。でも、私が車を停《と》めて、沖さんのほうへ歩き出したときには、作業に戻っていて、顔も上げなかった。ほとんど手で触れそうなほど近くまで寄って、「こんにちは」と声をかけると、ようやく、迷惑そうに顔を上げた。

「また来たのか」

「羊がいたわね」

私は、半年間も来なかったことを沖さんに思い出させるためにそう言った。沖さんはロープをいじりながら、不承不承 頷《うなず》いた。

「元気だった？」

「変わりようもないよ」

沖さんは立ち上がり、新しい杭《くい》を地面に突き刺すと、槌《つち》をふり下ろした。

その辺りの山一帯が、沖さんの土地だった。

誰もほしがらない山を安価で買って、養豚をしているのである。

私は車にもたれて、沖さんが柵を作るところを眺めた。私はウールのコートを着てきたのに、沖さんはジーパンに、下着みたいなTシャツ一枚という姿で、汗をかいていた。沖さんは、私の死んだ母より九つ下の四十三歳だが、ひょろりとした長身に、健気《けなげ》な筋肉がついている様子や、無造作な長髪のせいで、実際の歳よりもずっと若く見える。

沖さんにはじめて会ったのは、三年前、母の葬式のときだった。沖さんが喪主《もしゅ》で、私は弔問客の一人だった。葬式は、今、沖さんのうしろに見えている、山小屋に継ぎはぎしたような家で行われた。弔問客を案内したり、お坊さんと話をしたり、電話に出たりと、沖さんは一人で動き回っていたが、その間中ずっと涙で顔を濡《ぬ》らしていた。そのときの沖さんの無防備な泣き顔が、あんまり印象深かったので、今、目の前にいる仏頂面《ぶっちょうづら》の沖さんのほかに、もう一人の沖さんがどこかにいるのではないかと思えるほどだ。

沖さんは、黙々と杭を打ち続けていた。まったくこちらを見ないので、私がいることを忘れているかのようだったが、そうではないことはわかっていた。その証拠に、沖さんの仕事を眺めている間、私は車の前から、少し離れた、すでに出来上がっている柵のほうへと移動していたが、沖さんはようやく槌を置いて顔を上げたとき、まっすぐに私のほうへ顔を向けた。

沖さんは私を睨《にら》んだ。何を言えばいいのか、考えているようだったので、

「ケーキを買ってきたのよ」

と、私は、持ってきた箱を掲げてみせた。

沖さんはふいと顔を背けて、家に入っていってしまった。私はしばらくの間、その場に立っていたけれど、いつまでたっても沖さんが出てこないので、家の中を覗《のぞ》いてみた。沖さんはお湯を沸かしているところだった。

私は、土間と一続きの台所の、おそらく沖さんが木切れで作ったのだろう、大きくて不格好な椅子《いす》に座った。沖さんはインスタントコーヒーを作ろうとしているらしい。家の中のことは苦手らしくて、コーヒーの粉をマグカップに入れて湯を注いでかき混ぜるだけのことが、さっきの柵作りよりもよほど大仕事のように見えた。私は横目で、テーブルの横にある小さな食器棚を見た。ケーキを載せる皿やフォークを準備したかったのだが、近づくのはためらわれた。そこに並んでいるのは、母が選び、使っていた食器類に違いなかったから。

沖さんがコーヒーを運んできた。私がケーキの箱を開けると、沖さんは一度座った椅子からまた立って、すたすたと食器棚へ歩いていき、すみれの花の模様がついた洋皿とフォークを二組持ってきた。沖さんのその動作の、無造作さや身についた感じに、私は少し腹が立った。

「砂糖は」と沖さんが聞いてくれたので、私はつい「入れる」と答えてしまい、そうしたら沖さんはまた台所に戻って、しばらくの間ごそごそしてから、袋入りの上砂糖を持ってきた。砂糖を探すくらいだから、沖さんは普段ブラックで飲んでいるに違いないのに、私が砂糖を入れると、沖さんも入れた。沖さんはスプーンは持ってきてくれなかったので、二人ともケーキ用のフォークで混ぜた。長い間混ぜていた。

「寒いんじゃないか」

とうとう沖さんがそう言った。大丈夫、と私は答えた。コートを着たままだったのだが。

「寒かったらストーブつけるけど」

「大丈夫。ケーキを食べましょう」

沖さんによけいな動揺をさせないように、私はシンプルなケーキばかりを四つ買ってきていた。予想通り、沖さんはシュークリームを選び、私はショートケーキを取った。

フォークを使わず、温泉まんじゅうでも食べるようにシュークリームにかぶりつく沖さんを、私は盗み見た。盗み見ることに集中して、沈黙を気にすることを忘れていた。

沖さんが身じろぎした。

「おとうさんは元気か」

私ははっとして、意味もなく辺りを見渡した。

「父は、先月死んだの」

それが、私がその日携えてきた報せのひとつだった。

沖さんは母の恋人だった。

母は、私が四歳のときに家を出て、ずっと沖さんと暮らしていたので、私と父が母の死を知ったのは、沖さんからの電話によってだった。電話を取ったのは父だったので、そのときの沖さんがどんな様子だったのかはわからない。父はただ「おかあさんと一緒にいた人から、連絡があったよ」と私に告げた。おかあさんは、亡くなったそうだよ。

私は四歳以来、一度も母に会っていなかったので、衝撃はとくになかった。顔も知らない親戚《しんせき》の死を知らされたような感じだった。私が母のことを考えはじめるのは、葬式のあと、自分でもわけのわからない衝動にとらわれて、沖さんに会いにいくようになってからだ。

母の死は突然だった。母は、その山に住んでいる人間がいるなどとは夢にも思っていなかった若者の、無謀なスピードにまかせたオートバイにはねられたのである。それに比べると、父の死は緩慢でやさしげでさえあった。母の出奔と前後して病んだ肝臓に、父は有効な手当てをほとんど施さず、ゆっくり、確実に悪くなっていったのだった。

私は一人娘で、母を亡くした三年後に、父をも見送ったわけだけれど、天涯孤独にはならずにすんだ。私の恋人が、父がもう長くないことを知ったとき、私に結婚を申し込んでくれたからだ。それが、沖さんへの、二つ目の報せだった。

沖さんとケーキを食べ終わり、山を下りると、私はその足で恋人に会いにいった。

私たちは、私が父と住んでいた古い家を処分して、二人暮らしに相応なマンションの一室を買うことにしていた。契約はほぼまとまりかけていて、その日も、不動産屋でいくつかの手続きをしてから、食事に行った。

恋人は、おいしいものを食べることに熱心で、彼の眼鏡にかなう店を、いつでも探し出してくる。その日も、著名なシェフが、惜しまれながら東京の店をたたんで、その人の郷里に近いこの都市に開いたという、イタリア料理店に連れていってくれた。

こぢんまりとしていて、ミルク色のテーブルクロスが温かな雰囲気を作っているその店で、

「ここの羊を食べたら、ほかでは食べられなくなってしまうらしいよ」

と恋人が言ったとき、私は、沖さんの山にぽつぽつと佇《たたず》んでいた羊のことを、つい思い出した。

「家が決まったから、次は結婚式だね。その前に引越しもあるけど」

恋人は、前菜の皿越しに手を伸ばして、私の手に触れた。

「どう？　大丈夫？」

私はちょっと驚いて、

「どうして？」

と聞いた。

「……いや、君には、あんまりいろんなことが続きすぎているからさ。僕にしてみれば、おとうさんが亡くなったあと、あの家に君がひとりぼっちでいるところを思い浮かべると、もうたまらなくなって、どんどん事を進めてしまったわけだけど、今になって、君の気持ちを置き去りにしていたような気もしてるんだ」

「そんなこと……」

私は微笑み、恋人の指に指を絡めた。次の皿を持ってきたウェイトレスが照れくさそうに私たちを見下ろすまで、ずっとそのままでいた。

私は恋人が、もっと私に触れたがっているのがわかった。父が亡くなって以来——つまりもう半月以上——私たちは二人きりになっていなかった。はじめは、私よりもむしろ彼が、死者への敬意をそういうかたちで示していたのだと思う。けれども、彼はもう、喪を解きたがっていた。

　そのきっかけを作るのは、私だということもわかっていた。恋人はやさしすぎるから、私が望まないことはしたくない、と思っているのだ。でも、私は、どんなふうにそれを伝えればいいのかわからなかった。わからないのは、本当はそうしたくないからであるようにも思えてきて、いつものように、そこで考えることをやめてしまう。

　恋人とは半年前に会った。それは偶然の出会いだったが、私たちはお互いに魅《ひ》かれ合い、いっそう魅かれ合うための時間を重ねてきた。それは間違いないことだと思う。たとえば私は、恋人と出会ったことによって、意味もなく沖さんを訪ねることをやめたのだから。

　恋人は、私の両親が離婚していて、母がもうこの世にいないことを知っているが、それ以上のことは知らない。言う必要はないと父は言ったし、私もそう思っていた。

　母が沖さんという人と暮らしていたこと、母の葬式に行って私がその人に会ったこと、そのあと幾度かその人を訪ねたこと、恋人と出会ってからの半年を経て、今日、再び会いにいってしまったことなどは、いつか話すときが来れば、話せばいい。そんなふうにまだ打ち明けていないことは、恋人のほうにもあるだろう。打ち明けるのがこわいのではない。自分の中身を何もかも開いて見せるだけの時間を、私たちは一緒にまだ過ごしていない、というだけのことだ。

私はそう考えていた。が、その夜、突然、沖さんのことを今、恋人に言わなければならない、という気持ちになった。そうすれば、そのあと続いて、今夜こそ二人きりになれるきっかけを作れそうな気もしたのだが、結局私は言えなかった。

思い詰めた顔でもう一度恋人の手を取って、

「この羊、本当においしいわ」

と言っただけだった。

どうしてか私は、母の葬式の日のことを、度々思い出してしまう。

それは終わりの日だった筈《はず》なのに、はじまりの日のように思える。

父は母の葬式に出ることを断固として拒否したけれど、私が行くことを止めはしなかった。それで私は、私たちが暮らす町を見下ろしている、曖昧《あいまい》な高さの山にはじめて登り、泣き濡れている沖さんと、豚たちと、四歳以来の母の遺影に、はじめて対面することになったのだ。

私は、私と父を捨てる以前の母の顔を知っていた。私の家には、父が撮った母のスナップが、そっくり残っていたからだ。父は母の裏切りに、あまりにも絶望しすぎて、写真を処分することさえできなかったのだと思う。

母は「父とケンカして」どこかへ行ってしまったのだ、と私は教えられていたが、その説明も、子供向けに事実をぼかしたというよりは、父のなげやりさのあらわれであった気がする。だから、親戚縁者の無責任な噂話《うわさばなし》から隔離されることもなくて、中学に入る頃には、母が若い男と恋仲になって、父を捨てたのだということを、私はもうちゃんと知っていた。

沖さんの家の、その辺のものを寄せ集めて白い布をかけただけであることがひと目でわかる祭壇の上に、母の遺影は飾られていた。黒い額の中の母は——当たり前のことだが——家にあったスナップの母よりもずっと歳をとっていて、知らない女にしか見えなかった。実直な勤め人だった夫と小さな娘をあっさり捨てて、寂しい山の中で豚を飼う男と暮らすことを選んだ、見知らぬ女。

弔問客は、家のまわりをうろついている豚の数よりもよほど少なくて、私の素性を知っている人など誰もいなかった。むしろ、何かの間違いで飛び込んできた他人のように遠巻きにされていたが、最終的には、じろじろ見られたり、ひそひそ囁《ささや》かれたりすることになった。というのは、沖さんが、私を見るなり、あからさまに動揺して、挙動不審になったからだ。

簡単に言えば、沖さんは、私を凝視していた。泣きながら見つめ続け、そうしていることを自分では隠しているつもりになっているときでも、やっぱり見つめ続けていた。

私はそれまで、誰からも、沖さんのような目で見つめられたことはなかった。私が、沖さんに会うために山に登るようになった、それが理由のひとつかもしれない。

もっとも、沖さんが私を見つめたのは、葬式の日だけで、次からは、見つめるどころか、目を逸《そ》らすようになってしまったのだが。私が葬式の日のことばかり思い出すのは、あの日の沖さんが、結局いちばん感じがよかったからかもしれない。

それでも、私は、どうにかいくつかの言葉を沖さんと交わして、母と出会ったとき、沖さんは父同様の勤め人であったこと、養豚は、母が沖さんのもとへ来てから、二人で人の手伝いをするところからはじめたこと、だから当初は生活はひどく苦しいものであったこと、などを聞き出した。

それで、私の中では、母のプロフィールが少しずつかたち作られるようでもあり、その母から愛された沖さんや、その母を愛した沖さんのかたちが、次第に浮かび上がってくるようでもあったのだが、そのことに自分が何を求めているのかはわからなかった。

その日、恋人は、半地下の薄暗い店に私を誘った。

そこは薫製《くんせい》を出す店だった。レストランというよりバーの体裁だったが、料理はこちらで注文しなくても、次々と出てきた。私と恋人は、普段より強い酒を飲みながら、肉や魚貝、あるいはチーズや沢庵《たくあん》を、様々な種類のチップで燻《いぶ》したものを食べた。どれもおいしかったが、とりわけ素晴らしかったのはベーコンだった。厚切りで、ステーキのように焼いてあった。出てくるタイミングからして、店のほうでも、それをメインと考えているようだった。私と恋人は、カウンターに座っていたので、二人で賛嘆の声を上げていると、店の人が話しかけてきた。

薫製の方法の説明があってから、

「脂身がこれほど旨《うま》い肉はめずらしいでしょう?　この地方産の豚なんですよ」

とその人が話しはじめたとき、私はびっくりした。それは、沖さんが育てている豚のことにほかならなかったからだ。

「山を丸ごと養豚場にして、放し飼いにしているんですよ。起伏があるところを走らせているのが、いいんでしょうね。餌《えさ》も配合飼料をやめて、魚のあらなんかを食べさせているらしいです」

「私、その人を知ってるわ」

私はとうとうそう言ってしまった。恋人が、意外そうに私を見た。

「母の知り合いだった人なの」

恋人は、私がさらに言葉を継ぐのを待っていたが、私はそれだけしか言わなかった。

結局、何も言わずにいるよりももっと、何も言わないような印象になってしまった。

恋人は、へえ、と頷き、皿に残ったベーコンの脂を、パンでさらって口に運ぶと、

「養豚か。僕が、ぜったいにできない仕事といえば、それだなあ」

と呟いた。

「自分たちが食うための生きものを、育てるっていうのがね。豚はとりわけ、何ていうかな、牛や鶏よりもリアルな感じがする。ベーコンを旨い旨いと食ったあとで、言うようなことじゃないけど。出荷のトラックに乗せるときなんか、どういう気持ちになるものだろう」

私が答えを考えている間に、

「人間はそうしないと生きていけないわけですからね」

と、店の人が言った。その口調がほんの微《かす》かに、怒りを含んでいるようでもあったせいか、恋人はすまなそうに、そうなんだ、と頷いた。

「豚を飼っている人も、牛を飼っている人も、僕なんかに言われるまでもなく、そのことはさんざん考えてきたんだろうね。そのうえでそれを続けているんだから……」

すまないね、僕はちょっと酔ったみたいだ、と恋人は私に言った。私は、彼を安心させるために微笑んだ。

その夜、店を出たあと、私たちは、新居になるはずの部屋へ行った。契約はもうまとまって、部屋の鍵をもらっていたのだ。ちょっと寄ってみようか、と言ったのは恋人だったが、彼がそう言い出せるようにふるまったのは私のほうかもしれなかった。

そこは中古の分譲マンションの一室で、先住者はとっくに引き払ったあとだったから、がらんとした、カーテンすらない部屋だった。外から見えないように灯をすっかり消して、床の上に敷いた恋人のコートと、上にかぶった私のコートの間で、私たちは、父の死以来、はじめて体を合わせた。

私は激しく恋人を求めた。はじめ用心深かった恋人が、慌《あわ》てて荒々しくなるほどに。

数日後、私は再び、山に登った。

前回、私は沖さんに、父が死んだことしか告げていなかったからだ。結婚することを報せるために、もう一度沖さんに会わなければならないと思った。

寒さはいっそう募っていて、乾燥した灰色の空が重くたれこめていた。いつもの場所に車を停めた。柵はもうできあがっていたが、沖さんの姿は見えなかった。家の横に停めてあった自転車に乗って、あちこち走り回り、ふたつ向こうの丘の麓《ふもと》の小屋の裏手で、泥の山の上にいる沖さんを、ようやく見つけた。

ものすごい匂いを放つ真っ黒な泥を、沖さんはスコップでかき回していた。「また来たのか」とはもう言わず、ただ困った顔で私を見た。

「それ、何なの？」

沖さんの表情に心が痛んで、私はかたい声で聞いた。豚の餌だと沖さんは答えた。

「町に残飯を取りに行って、今帰ってきたんだ。急に来られても、俺はいないときもあるぞ」

だからもう来るな、ということだろうか。でも、ちょうど帰ってきたところでよかった、というふうに聞こえないこともなかった。私は黙って、自転車の荷台に腰かけた。

沖さんはちらっとこちらを見て、作業に戻った。こんなに寒いのに、今日もやっぱり作業ズボンにTシャツ一枚という姿だ。しかも汗をかいているらしく、Tシャツが体に張りついて、スコップを持った手を振り上げるたび、腹筋の形があらわになる。筋になって額にかかった髪を、沖さんはときおり、うるさそうに手の甲でかきあげる。

餌も配合飼料をやめて……と、薫製の店の人が言っていたのが、あの泥なのだ、と私は思った。あのとき、私は、沖さんを知っていると、恋人に言ってしまった。それは、沖さんの豚が、思わぬところで認められていたことが、嬉しかったせいではなかった。

結局私は、私以外の人が、沖さんを知っていることに驚いたのかもしれない。驚いたというよりは、心を乱されたのだ。私は、母の恋人だったこの男を、私以外の誰にも知られないように、この山の中に閉じこめておきたいのかもしれない。

まだ四時過ぎだったが、辺りは暮れはじめていた。暗くなってきたのを意識したとたんに、どんどん暗くなってくるようだった。沖さんの白いTシャツが、街灯の下の蛾《が》のようにはためいた。

自転車はここに置いておいていい、と沖さんが言って、私は沖さんの軽トラックの助手席に乗せてもらった。

むっと濃い沖さんの汗の匂いを意識せざるをえないその狭い場所で、私は言葉を探した末に、

「柵ができていたわね」

などと言った。

「作ったんだから、できるさ」

沖さんは、意地悪い口調ではなく、そう答えた。

「杭を打てば打っただけ柵は延びていくよ。この仕事の、そういうところが好きだと、あなたのおかあさんは言っていた」

沖さんが母のことを話すのははじめてだった。私は「そう」と答えたが、そのあと唾《つば》を飲み込んだ音が、ひどく大きく響いた気がした。

車が家の前に着き、沖さんはすたすたと中へ入っていった。私も沖さんのあとに続いた。きっとまた困った顔をされるだろう、と思ったが、沖さんは薬缶《やかん》をかけながら「コーヒーでいいか」と言った。

私はそのことであがってしまった。この前と同じにコートのまま椅子に座って、

「沖さんの豚、お店で食べたわ」

と言った。

「どこの店」

私は店の名前を言ったが、沖さんはわからないようだった。

「そこは薫製のお店なの。沖さんの豚をベーコンにしてあったのよ。お店の人は、豚をすごく誉《ほ》めてたわ」

「ベーコンなら、俺も作ってるよ」

そのとき、石油ストーブに火を点《つ》けようとしていた沖さんは、私をちらっと見上げて、何か考えているふうだった。それから沖さんは家の外へ出ていった。お湯が沸き、私は台所へ立ってこの前使ったマグカップを探し出し、二人分のインスタントコーヒーを作った。ようやく沖さんが玄関から顔を出して、

「こっち、こっち」

と呼んだ。

家の前に据えられていた作業台のような机の天板が取り払われ、中に切られた炉に、炭が熾《おこ》っていた。やはり沖さんが作ったらしい丸椅子もふたつ置いてあった。私は家の中に戻ってコーヒーを持ってきた。沖さんは、炉に渡した網の上に、ベーコンを並べていた。

「ベーコンにはビールだろう」

沖さんはコーヒーを見て咎《とが》めるように言った。

「でも車だもの」

「ああ……そうか」

沖さんはばつが悪そうに頷いた。

私と沖さんは、炉を囲み、向かい合って座った。炉の縁には、脂やソースの染みが点々と付いていた。沖さんと母とは、幾度もこうして食事したのだろうか。

私の想像はなぜか上空を駆け抜けて、沖さんがこの炉を作っているところや、そのそばでしゃがみ込み、膝《ひざ》の上に顎《あご》をのせて、幸福そうに作業を眺めている母の姿までが浮かんできた。私はそれを振り払うように、

「沖さんは、最初からそんなふうに逞《たくま》しかったの」

と聞いた。

「いや。べつに」

沖さんは炉の上のベーコンに向かって呟いた。

「沖さんは、床上手だったの」

沖さんはゆっくり顔を上げて、私を睨んだ。

「よく、そういうことが言えるもんだな」

「母のことなんか、何も覚えていないもの。私には他人なのよ」

私は言い返した。

「あなたはお母さんによく似ているよ」

ベーコンはゆっくり炙《あぶ》られていった。脂身がぷっくりと膨らみ、次第に透明になって、端のほうから少しずつ、ちりちりと焦げていく。脂が炭の上に落ちて、香ばしい細い煙になった。匂いにつられたのか、ほかの理由でか、豚が二頭、そばに寄ってきた。「ほい、ほい」と沖さんは豚の尻を叩いて追い返し、ベーコンを裏返した。

「私、結婚するの」

沖さんは一瞬、何かを探すように私を見た。それから、そうか、と言って、ベーコンを私の皿にのせてくれた。

「おめでとう」

私はベーコンを食べた。沖さんのベーコンは、薫製の店で食べたものよりもずっとしょっぱくて、ずっと濃い肉の味がした。

解説

ふりをしている小説

小山鉄郎（共同通信・編集委員）

井上荒野さんの作品を初期から貫く特徴に、登場人物の言葉や行動の意味が物語途中では確定せず、物語が終わらないとはっきりしないように書かれているということがある。もし最後に、あと数行でも書き加えられるならば、登場人物の行動や言葉がまるで違う意味となるように書かれているのだ。『ベーコン』はまさにそんな一冊。

例えば「大人のカツサンド」の真夕は不在だったパパが帰ってくると「パパは離婚しに帰ってきたのかな。それとも、離婚したくないから帰ってきたのだろうか」と思う。表題作「ベーコン」の「私」が母の愛人だった「沖さん」に会いに行くと「今帰ってきたんだ。急に来られても、俺はいないときもあるぞ」と沖さんが言う。「だからもう来るな、ということだろうか。でも、ちょうど帰ってきたところでよかった、というふうに聞こえないこともなかった」と「私」は思うのだ。

これらのことが最初に書かれているのではなく、かなり最後のほうになって書かれているので、物語が最後までどちらにも動けるように二重に進んでいく。だから人々の関係は最後まで不確定で、どう変化するか分からない。井上荒野さんの小説を読んでいると、この男女は関係するのだろうか、しないのだろうか、別れてしまうのだろうか、よりを戻すのだろうか、必ずこのような気持ちになってくる。そんな上質な心理サスペンスを読んでいるような気分になるのは、各作品が今言ったような構造で貫かれているからなのだろう。

個人的には表題作「ベーコン」をとても愛しているのだが、これも、もし「沖さん」が間違って「私」の髪に一瞬でも触れたならば、両者の関係がガラッと変化してしまうような世界の中を物語が進んでいく。それゆえに強い官能性が生まれ、それが香ばしくて濃い肉の味のベーコンとぴったりマッチしていて、じつに素敵な短篇になっている。

井上荒野さんはなぜ、こういうふうに小説を書くのだろうか。それは嘘をついて生きている人間、嘘をついて生きざるを得ない人間という存在に対して、井上荒野さんが深い洞察をしていて、そこから作品を書いているからではないだろうか。このことに気が付いたのは彼女の最初の作品集『グラジオラスの耳』でインタビューした時のことだった。一九九一年五月十五日。それは井上荒野さんの父・井上光晴さんが亡くなる一年前、光晴さんの六十五歳の誕生日だったが、この日付で光晴さんの小説『紙咲道生少年の記録』が刊行され、同日付で荒野さんの『グラジオラスの耳』も一緒に刊行されたのだ。父娘同時刊行というので、この時、二人同席のダブルインタビューというものを試みた。

井上光晴さんは自筆年譜が嘘ばかりという人。祖母からも「嘘つきみっちゃん」と呼ばれていたそうだから、折り紙付きの嘘つきだ。小説家は嘘つきが商売だから決して悪いことではないが、近現代の作家で最も嘘つきは誰かというアンケートをすれば、井上光晴さんはかなり上位に入るのではないだろうか。井上荒野さん自身も「私も小さい時、嘘つきと言われていたので、そのへん似ているかも」と笑っていた。

この時の父娘の小説はともに「嘘をつくという人間」への興味に満ちた作品で、特に『グラジオラスの耳』の表題作は、嘘つきの同級生と再会した主人公が同級生とのかかわりの中で不思議に揺れていく短篇だった。そしてこのインタビューで、井上荒野さんは「結局、みんな嘘をついて、うまく生きようとしている。そんな感じを書きたかった。嘘をついて、うまく生きるというのは、ほんとうにいい生き方ではないのかもしれない。けれどなんとなく自分を納得させて生きる。自分で意識しているか、いないかは別として、嘘ばっかりついて生きている感じを書きたかった」と語っていた。

井上荒野さんの小説を読むたびに、この時の発言を思い出す。この「嘘を通して人間の本当を描く」ということを、井上荒野さんは、深め、広げ、強化して小説を書き続けているような気がしてならない。その最高の達成の一つが、この『ベーコン』なのだ。

『ベーコン』には「ふりをしている」人間がたくさん出てくる。「ふりをしている」ということは、自分の思いや事実は別にあるけれど、相手や周囲の状況に合わせて嘘の自分を演じているということ。でも荒野さんは、この「ふりをしている」嘘の側から、「人間の本当」に迫っていくのだ。

例えば「煮こごり」は、虎に嚙み殺された鵜飼《うかい》という七十五歳の男と三十一年も愛人関係にあった六十五歳の晴子《てるこ》の話。晴子は自宅で子供たちに勉強を教えているのだが、鵜飼の持っていた謎を探るために教え子の航《わたる》を同行する。

その航が「躾《しつけ》のいい孫みたいに晴子の横にちんまり座り、あきらかに晴子にかける言葉を探しながら、車窓の景色を眺めているふりをしている」。そして晴子は、航の「車窓の景色を眺めているふりをしている」気配を感じているうちに、なぜか少しずつ落ち着いていく。なぜなら晴子もまた「ふりをしている」人間だからなのだ。

三十一年間、鵜飼に嘘をつかれてきた晴子だが「そのことに気づかないふりをしていた自分の弱さを思い、しかし歩き続けた強《したた》かさを思った」と井上荒野さんは書いている。探れば探るほど、晴子は鵜飼に嘘をつかれていたことを知るのに「不思議なことに、失望や怒りはまったくなかった」。それらの嘘は「じつは鵜飼と私の二人がかりで守ってきた虚構ではなかったのか」とまで思う。つまり鵜飼もまた「ふりをしている」仲間なのだ。このように「煮こごり」は、みな「ふりをしている」人たちの物語。晴子たちは、なぜ「ふりをしている」のだろう。

「自分以外の他人が自分へ向ける気持ちなどというものがそもそも幻想なのだと、間もなく気付き、他人とかかわるということはその人間に自分の領分を侵されまいとすることだと、たとえば恋人同士という関係でも（だからこそなおさら）そのことは例外ではないのだ」という言葉が『グラジオラスの耳』の表題作の中に記されている。その一方で「あたしは、あたしだけじゃ完成品にならないようにできてるのよ」という相反する言葉も同作にはあって、この二つの言葉が荒野さんの作品の中でせめぎ合っていた。

でも『ベーコン』を読むと、井上作品にある、この相反する二つの感情を「ふりをしている」主人公たちが同時に実現しているのだ。彼女らにとって「ふりをしている」ことは、嘘の力によって、他人に自分の領分を侵されまいと守ることでもある。同時に、自分の相手や周囲を意識して、その相手とともに自分が生きていきたいという行為でもあるのだ。

「煮こごり」の晴子は鵜飼の嘘に対して「じつは鵜飼と私の二人がかりで守ってきた虚構ではなかったのか」と思う。この作品では晴子が嘘をつかれていたことが次々に明かされていくのに、なぜか祝福の光に導かれているような感覚がある。それは「ふりをしている」嘘の世界が、他者との関係を切断するのではなく、他者に向かって開かれているからではないだろうか。晴子の「歩き続けた強かさを思った」という言葉は、自分の領分を守りながら、他者との関係を作っていく作品世界の実現に対する、作家としての井上荒野さんの確信の表明だろう。

この『ベーコン』の各短篇は、すべて食べ物をめぐる物語なのだが、その食事が孤食ではなく、すべて誰かと食べる食事であることにも他者との関連性を感じる。またその多くに婚姻外の男女関係にある人たちが登場するが、婚姻外の男女たちはまさに周囲に対して、ふりをしながら相手との関係性を生きる人たちで、それは井上荒野さんの「嘘」への興味とつながっているのだろう。

静かに精緻に進んでいく男女の物語の中で一作だけ、十三歳の勇二と可奈が暴走的に大人たちを攻撃する「目玉焼き、トーストにのっけて」という例外的な作品があるが、これも勇二と可奈が「嘘」の力で、大人たちの無自覚な規範意識や、個人と個人の関係を開こうとしない人たちを攻撃している作品として読めば、『ベーコン』を貫く考えをより鮮明にする短篇と言える。

ごく普通の主婦が見知らぬ青年と関係してしまう「アイリッシュ・シチュー」の展開には驚嘆してしまったが、その二人の関係も、この青年の自分の仕事に対する「きついっす」という言葉に端を発している。その言葉が「瞬間、会社や仕事を裏切って私に与《くみ》したように聞こえた」からなのだ。つまり二人は、規範に従って行動している人間社会からは、逃れて生きる仲間同士なのである。

最後に「大人のカツサンド」の真夕のことについて、もう一度触れたい。

真夕は叔父さんの前で繰り返し「考えるふりをする」少女だ。それは「べつに、叔父さんが聞くことをどうでもいいと思っているわけではなくて、叔父さんが真夕に考えてほしがっているのがわかるから、そうするのだった。そのことも真夕は自分でわかっていた」のだ。

このように深く自覚的な真夕は、叔父の前で「ふりをしている」と、「今日のあたしは二人いるみたい」と思う。その二人とは、おそらく「自分の領分を侵されまい」

として「ふりをしている」真夕と、「あたしだけじゃ完成品にならないようにできてるのよ」と自覚して叔父の望みに対して「ふりをしている」真夕ではないだろうか。この時、真夕は「本当は、大人のカツサンドが食べてみたかったのだ」と思っているが、井上荒野さんは、その両方の「ふりをしている」を持っているのが「本当の大人なのだ」と言っているのだろう。

本当の人間は、そんな自分が二人いる世界をふりをしながら生きている。その二人の自分の間を動きながら、人間は生きざるを得ない。だから人と人の関係も最後まで動いていて、曖昧《あいまい》で、不確定なものばかりだ。井上荒野さんはそんな曖昧で不確定な人間存在を正確にしっかり描くことによって、曖昧でいい、不確定でいいと肯定して、揺れ動く我々を優しく強く励ましているのだ。

いい小説を読むと、自分が元いた場所から、少し移動したような気がしてくる。自分の古く固定された倫理の境界線が刷新され、別な所に新しく引き直されたような感覚を味わう。『ベーコン』は久しぶりにそんな爽快な移動感覚を味わわせてくれた素敵な短篇集である。

集英社文庫

ベーコン

2009年 6 月30日　第 1 刷　　定価はカバーに表示してあります。
2018年 3 月18日　第 2 刷

著　者　井上《いのうえ》荒野《あれの》

発行者　村田登志江

発行所　株式会社　集英社
東京都千代田区一ツ橋2-5-10　〒101-8050
電話　【編集部】03-3230-6095
　　　【読者係】03-3230-6080
　　　【販売部】03-3230-6393（書店専用）

印　刷　凸版印刷株式会社

製　本　凸版印刷株式会社

フォーマットデザイン　アリヤマデザインストア　　マークデザイン　居山浩二

ISBN978-4-08-746444-3 C0193